APPRIVOISER L'OURS

LE CLAN DU LION #11

EVE LANGLAIS

Copyright © 2022 Eve Langlais

Couverture réalisée par Yocla Designs © 2022

Traduit par Emily B, 2021

Produit au Canada

Publié par Eve Langlais

http://www.EveLanglais.com

ISBN livre électronique: 978-1-77384- 3230

ISBN livre pochet: 978-1-77384-3247

Tous Droits Réservés

Ce roman est une œuvre de fiction et les personnages, les événements et les dialogues de ce récit sont le fruit de l'imagination de l'auteure et ne doivent pas être interprétés comme étant réels. Toute ressemblance avec des événements ou des personnes, vivantes ou décédées, est une pure coïncidence. Aucune partie de ce livre ne peut être reproduite ou partagée, sous quelque forme et par quelque moyen que ce soit, électronique ou papier, y compris, sans toutefois s'y limiter, copie numérique, partage de fichiers, enregistrement audio, courrier électronique et impression papier, sans l'autorisation écrite de l'auteure.

CHAPITRE UN

Chaud et douillet. Confortable et doux. Andrei bavait alors qu'il profitait de cette excellente sieste, rêvant d'un jour chaud d'été et du bourdonnement des abeilles.

Jusqu'à ce que quelqu'un lui donne un petit coup.

Il l'ignora.

Une banshee[1] hurla, mais il avait déjà réussi à dormir après avoir entendu bien pire durant son enfance. Sa sœur avait une voix particulièrement aiguë. Un vrai ours pouvait dormir dans n'importe quelle situation. Même durant toute une saison – ce qui signifiait qu'il devait éviter d'aller sur Internet avant de pouvoir rattraper son retard sur ses séries préférées.

Paf.

Un doigt pointu s'enfonça dans sa chair. Cela le chatouilla. Il adorait faire des combats de chatouilles.

Mais pour cela, il fallait qu'il se réveille. Avait-il vraiment envie de ça alors que son oreiller était si confortable ? Et sentait aussi très bon d'ailleurs.

Une odeur de miel. Et de femme. Et...

L'eau glacée le heurta, un déluge grossier qui le réveilla dans un rugissement.

— Qui ose me déranger pendant ma sieste ?!

C'était plus une déclaration qu'une question. Il s'éloigna de la tache humide et roula sur le côté pour voir qui était cette personne méchante qui venait de l'attaquer.

— C'est moi, espèce de bête poilue. Qui es-tu et qu'est-ce que tu fous chez moi ?

La femme blonde lui jeta un regard noir. Elle avait des cheveux couleur miel. Une peau lisse avec des taches de rousseur. Et elle paraissait contrariée.

Il sourit.

— Oh, salut, toi. Je m'appelle Andrei Medvedev et tu es ?

— Sur le point de te frapper avec cette clé à molette.

Effectivement, elle brandit soudain un grand outil en métal.

— Est-ce que c'est vraiment une clé à molette ou bien tu es juste contente de me voir ?

Il roula sur le dos.

— Je vais te frapper avec ! le menaça-t-elle en la tenant en l'air.

— Ouh, tu es coquine, dit-il d'une voix traînante en observant cette femme à qui il était venu rendre visite.

Elle n'était pas à la maison quand il avait frappé à la porte alors il avait décidé d'attendre – à l'intérieur.

— Qui t'a laissé entrer chez moi ?

— La porte.

— Elle était fermée.

— Ah bon ? dit-il d'un air faussement innocent. Tu ferais mieux d'en mettre une plus solide.

Elle prit un air renfrogné.

— Apparemment, oui. Peut-être même un piège à ours tant que j'y suis. Je vois que ce qu'on dit sur ton espèce est vrai.

— Que dit-on ?

— Qu'il ne faut jamais faire confiance à un ours.

— Pff, n'importe quoi. Un ours tient toujours parole.

— Ça, c'est toi qui le dis.

— Nous sommes fiables.

— Dit le type qui est entré chez moi par effraction.

— Tu n'étais pas là.

— Alors tu aurais dû t'en aller. La plupart des gens appellent à l'avance s'ils ont l'intention de venir rendre visite.

— Mais ça aurait gâché la surprise.

— J'attends toujours une raison valable de ne pas t'assommer avec ma clé à molette. Parce que, plus tu parles, plus la tentation est forte.

Il lui sourit. Comme toutes les autres lionnes qu'il

avait rencontrées, elle n'avait peur de rien. Elle était forte. Et mignonne.

— Si tu me tues, alors je ne pourrai pas tenir ma promesse et t'aider.

— M'aider pour quoi ? Et qui t'a fait promettre quelque chose ?

— Est-ce que les prénoms Lacey, Lena et Lenore clarifient la situation ?

— Ah ces connasses qui se mêlent de tout, gronda-t-elle. Et que t'ont-elles demandé exactement ?

— Que je t'aide à résoudre un mystère.

— Le seul mystère c'est de savoir pourquoi elles pensent que je pourrais avoir besoin de ton aide pour quoi que ce soit.

— Tu veux une liste de toutes mes compétences ? Je fais très bien la conversation. Je suis un très bon danseur. Chanteur, notamment après avoir bu quelques pintes de bière. Un pugiliste accompli.

— Tu as oublié crocheteur de serrure.

— Je devrais aussi ajouter expert en gastronomie et en camouflage.

Elle l'observa.

— Vu ta taille, j'ai du mal à croire ce dernier point. Et puis, je ne comprends toujours pas ce que ça a à voir avec moi.

— Je te préviens juste à l'avance étant donné les petits échecs précédents.

Elle plissa les yeux.

— Quels échecs ?

— Rien dont tu ne dois t'inquiéter mon ourse en sucre, dit-il avec un sourire en coin.

— Je m'appelle Hollie.

— Je sais.

Il savait également qu'elle était aussi une flemmarde qui ne faisait pas son lit mais qui avait de très bons goûts pour le papier toilette. Qu'elle jouait à la Xbox et avait un tiroir rempli de magazines de tatouages. Avec ses manches longues, il n'arrivait pas à savoir si elle en avait.

Peut-être pouvait-elle retirer sa chemise et lui montrer.

— Allô ? dit-elle en claquant des doigts. Tu veux bien arrêter de te rendormir ?

— Je ne dors pas, je fantasme. Sur toi, dit-il avec un clin d'œil.

En Russie, les filles jetaient leur culotte par terre – ou sur son visage – pour moins que ça.

Elle approcha sa clé à molette à quelques centimètres de son nez.

— Et est-ce que dans ce fantasme je te frappais pour ta grossièreté ?

— Je dois avouer que le sexe sado-maso ce n'est pas mon truc. Mais pour toi, je veux bien essayer.

Elle grogna et il profita de ce moment – pendant qu'elle essayait de réfréner cette passion qu'il suscitait chez elle – pour s'étirer. Ses articulations craquèrent et ses orteils sortirent de sous le nid de couvertures dans lequel il s'était blotti pour une sieste. Le poids de celles-ci se déplaça et dévoila le haut de son corps et son mollet.

— Tu es nu ?! s'exclama-t-elle en écarquillant les yeux alors qu'elle le regardait.

— Complètement.

Peut-être que là, elle allait enfin baisser sa culotte.

— Dans mon lit ! couina-t-elle.

Peut-être qu'elle ne portait pas de culotte après tout.

— Comment pourrais-je dormir autrement ?

Il ne comprendrait jamais l'industrie du pyjama. Pourquoi gaspiller du tissu en bon état et produire plus de linge sale quand le corps nu était ce qu'il y avait de plus adapté pour dormir ?

— Si tu as envie de dormir à poil, alors fais-le ailleurs. Maintenant, je vais devoir tout laver. Ou brûler, dit-elle en l'examinant du regard. À quand remontent tes derniers vaccins ?

— Je suis fort et en bonne santé, répondit-il en se frappant le torse. Viril aussi.

— Et visiblement dérangé. Personne ne t'a appris que c'était impoli d'emprunter le lit de quelqu'un ?

— Pas en Russie. Et je tiens à préciser que je ne l'ai pas emprunté. Il est toujours dans ta chambre. J'ai seulement utilisé les commodités disponibles en t'attendant. Heureusement que j'ai pu faire une sieste. Tu en as mis du temps.

— Je travaillais.

Elle lui jeta un regard noir et agita la clé à molette.

Une féline en colère avec des griffes.

Sexy. Il sourit un peu plus, mais elle ne parut pas très impressionnée.

— Et maintenant, ce n'est plus le cas.

— Effectivement. Je ne suis pas en train de travailler. Parce que j'ai passé dix heures à le faire. Ce qui veut dire que je suis fatiguée et pas d'humeur à m'occuper d'un crétin.

— Laisse-moi m'occuper de ce crétin. Montre-moi où il est.

Elle cligna des yeux.

Il envisagea de sourire à nouveau, mais vu qu'elle avait menacé de le frapper un peu plus tôt, il valait mieux qu'il s'abstienne.

— Lève-toi, s'agaça-t-elle.

Il souleva les couvertures et jeta un coup d'œil en dessous.

— Pas tout de suite, mais si tu te joins à moi, on peut peut-être changer ça.

Au lieu de venir lui faire un câlin – ou plus – elle tira sur les couvertures et l'air frais heurta sa peau chaude. Cependant, il fut assez fier de voir que cela ne provoqua aucun rétrécissement. Ni d'érection d'ailleurs. Ce ne serait pas poli jusqu'à ce que la demoiselle dise « *oui* ».

— Je n'avais pas réalisé que tu possédais un bouton off. Où est mon peignoir ? Je préfère le coton à la soie, pour ton information. C'est plus absorbant.

— Habille-toi, s'énerva-t-elle.

— Je ne peux pas, ils sont à la machine.

Il mit les mains derrière la tête.

— Et pourquoi sont-ils à la machine ?

— Parce qu'ils étaient sales.

Les Américains avaient-ils besoin d'une autre raison pour laver leurs vêtements ?

— Tu aurais dû rentrer chez toi pour te changer.

— J'habite en Russie.

Elle haussa les sourcils.

— Alors il est peut-être temps d'y retourner.

— Pas tant que je n'aurais pas sauvé l'honneur de ma meute.

— En quoi ta présence ici est-elle censée sauver quoi que ce soit ?

— Cela fait partie de ma promesse pour t'aider à résoudre ce mystère. Tes tantes ne t'ont-elles pas encore informée ?

— Nous avons été retardées, dit une voix familière.

Lenore passa la tête dans l'encadrement de la porte.

— Vous avez vraiment demandé à cet ours de venir ici pour m'embêter ? s'emporta Hollie.

— Pas en ces termes. Mais il y en a *un* – Lenore lui jeta un regard noir – qui est arrivé avant que nous ne puissions nous expliquer.

— Il n'y a rien à expliquer, car quel que soit ce que vous manigancez, je n'ai pas envie d'y participer, dit Hollie en secouant la tête. Alors vous pouvez emmener votre ours, votre mystère et votre comédie ailleurs.

— Ne sois pas insolente avec moi. Le Clan a besoin de toi.

Hollie pinça les lèvres.

— Le Clan peut faire appel à d'autres personnes pour les missions spéciales. Je ne fais plus ce genre de choses.

Tiens, voilà qui était intéressant. Andrei ne dit rien car il en apprenait davantage en les écoutant parler.

— Je sais bien, mais là ce sont des circonstances spéciales. Alors si tu as fini de reluquer cet ours à la taille impressionnante, ramène tes fesses en bas pour qu'on ait une réunion.

— Je n'en ai rien à faire de votre réunion. J'ai eu une longue journée. J'ai besoin de me doucher, puis de dîner et de mettre des draps propres, dit-elle en regardant Andrei.

Il ne put résister.

— Pourquoi veux-tu absolument laver ces draps parfaitement propres ? À moins que ce ne soit ta façon de m'indiquer qu'on va faire des cochonneries ?

La chaussure jaillit de nulle part et le heurta.

—Tu parles à ma nièce là, pas à une petite traînée, souffla Lenore qui était probablement jalouse.

Ils flirtaient ensemble depuis des années, mais par respect pour Lawrence, il n'était jamais passé à l'acte. Pour ceux qui pourraient voir leur différence d'âge d'un mauvais œil, vous n'avez clairement jamais rencontré le formidable trio de tantes.

— Je n'ai pas besoin de ton aide pour l'envoyer balader, Tatie, rétorqua Hollie en levant les yeux au ciel.

— Je sais, mais les ours sont sournois. Surtout celui-ci.

Lenore agita le doigt en direction d'Andrei et ce dernier sourit.

— Qui, moi ?

— Tu es vraiment le fils de ton père. Alors rhabille-toi avant que je ne sois tentée de te castrer.

— J'peux pas. Mon pantalon est probablement encore mouillé dans la machine. À moins que mon ourse en sucre ne le mette dans le sèche-linge.

Vu le regard qu'elle lui jeta, il en déduisit que non.

— Je ne suis pas ta putain de bonne et je n'ai pas envie de m'occuper de toi. Débarrasse-toi de lui, Tatie, sinon je m'en charge, dit-elle en agitant la clé à molette pour la dernière fois avant de tourner les talons et de s'en aller.

Lenore secoua la tête.

— Je ne crois pas qu'elle t'apprécie.

— Bah.

Impossible.

— Elle le cache, ajouta-t-il.

— Profondément, visiblement, ricana Lenore. Trouve quelque chose à mettre avant qu'elle n'échange sa clé contre un couteau. Une fois que tu seras habillé, rejoins-nous dans le salon. Et pour l'amour de Dieu, essaie de bien te comporter cette fois-ci.

— J'ai été sage ! s'exclama-t-il.

— Tu es nu dans son lit.

— Elle a de jolis draps.

Lenore soupira et secoua la tête.

— Mais qu'est-ce que je croyais ? Ça ne marchera jamais.

Il déchanta. Il ne pouvait pas gâcher cette chance d'arranger les choses avec le Clan.

— Je veux aider.

— Je sais bien. Le problème, c'est que les lions et les ours ne s'entendent pas, tu le sais, ça ?

Effectivement, c'était souvent le cas. Mais maintenant qu'il avait rencontré Hollie, il voulait que cela change. Son odeur le chatouillait. Et cette femme encore plus. Quelle féline intéressante. Comme un nid d'abeille trouvé dans les bois, il avait envie de creuser et de voir quelle douceur, *miam miam*, se trouvait à l'intérieur.

Il devait juste faire attention à ne pas se faire piquer. C'était ce qui était arrivé à l'oncle Boris. Ses deux yeux avaient enflé au point de se fermer. Aveuglé, il avait trébuché et était tombé d'une falaise, avait atterri dans une rivière agitée, s'était fait emporter par le courant et était arrivé sur une plateforme de traitement de l'eau où il avait été sauvé quelques secondes seulement avant que le broyeur à débris ne l'engloutisse. Sa tante racontait souvent qu'elle regrettait d'avoir repêché ce morceau de fourrure trempé.

Andrei se leva et s'étira avant d'enrouler les draps comme une toge autour de son corps, plus pour protéger leur délicate sensibilité qu'autre chose. Il n'avait pas envie de les distraire avec sa virilité pendant qu'elles s'occupaient de choses sérieuses.

Son ourse en sucre était dans la cuisine en train de cuisiner, se comportant enfin comme une véritable hôtesse. Tant mieux. Son ventre gronda. Il avait aussi envie d'un verre. Il le lui demanderait après avoir été nourri. Il n'avait pas envie qu'elle brûle son repas en allant lui chercher une boisson désaltérante.

Dans le salon, un endroit confortable avec un canapé sur lequel il avait failli faire une sieste, se tenaient les trois tantes : Lacey, Lenore et Lena. Il les avait rencontrées plusieurs années en arrière grâce à son ami Lawrence, un lion qui aimait boire, batifoler et se bagarrer. Même si Andrei doutait que les deux dernières activités soient toujours actuelles depuis qu'il s'était mis en couple – avec une humaine en plus.

Comme quoi, le terrible mot en C, *en couple*, pouvait arriver à n'importe qui. N'importe où. N'importe quand.

Brrr, rien que d'y penser. Il tourna la tête vers Hollie, qui n'avait toujours pas regardé dans sa direction. Ne l'avait-elle pas entendu arriver ? Avait-elle perdu le sens de l'odorat ?

Lena, celle aux cheveux argentés et hirsutes et qui avait de jolis traits, aboya :

— Où sont tes vêtements ?!

— Machine. Ce qui me fait penser que... Mon ourse en sucre ! hurla-t-il, tu as pensé à mettre mes affaires dans le sèche-linge ?

La spatule qui vola dans les airs frôla sa tête et la rata de peu. Il sourit.

— Elle vise bien.

— Elle a intérêt. C'est moi qui lui ai appris à lancer, affirma Lenore. Sa mère a toujours été nulle en sport.

— Je n'ai jamais réalisé que vous aviez une nièce.

Lui et Lawrence n'avaient pas beaucoup parlé de leur famille. Il avait seulement rencontré les tantes parce qu'elles avaient tendance à surprotéger Lawrence.

— Nièce par alliance. Nous n'avons pas de lien de sang, déclara son ourse en sucre, en s'éloignant du comptoir avec un magnifique sandwich dans les mains.

D'après son odorat, il s'agissait d'un bagel, beurré et garni de fromage fondu, de mayonnaise et d'un œuf poché légèrement assaisonné de sel et de poivre.

Presque parfait. Il le lui arracha des mains et prit une grosse bouchée.

— Mmm. Par contre, la prochaine fois utilise du vrai cheddar en tranches épaisses. Oh et quelques morceaux de bacon aussi...

Paf !

Han !

Il eut le souffle coupé alors qu'elle lui donnait un coup de poing dans l'estomac. Andrei se plia en deux et elle lui vola son casse-croûte !

— Mon sandwich, se plaignit-il.

— Non, c'est mon sandwich, le corrigea son ourse en sucre. Si tu en veux un, tu n'as qu'à te le préparer toi-même. Et pendant que tu es dans la cuisine, sers-moi une tasse de café avec un truc fort. J'ai bien l'impression que je vais en avoir besoin.

Non seulement elle s'attendait à ce qu'il se fasse à manger tout seul mais aussi qu'il cuisine pour elle ?

Il la fixa du regard.

Elle mordit dans son sandwich et fit de même.

En attendant, aucune nourriture n'était en route.

— Et vous, vous voulez bien me faire à manger ? demanda-t-il en regardant les tantes avec ses grands yeux d'ours.

Ça marchait toujours avec sa mère.

Lacey faillit se mettre en mouvement, mais Lena l'arrêta.

— Je ne crois pas, non. On n'est pas tes bonnes.

Il soupira. Ah, les Américaines. Toujours si indépendantes. C'était pourquoi il prévoyait de se mettre en couple avec une gentille fille russe et traditionnelle.

Un jour ou l'autre.

Et seulement si sa mère était d'accord. Il espérait juste que celle que sa mère choisirait saurait cuisiner et comprendre que parfois, un homme avait besoin de vingt-trois heures de sommeil. Et qu'elle puisse aussi accepter qu'il n'y ait rien de mal à ce qu'un grand garçon sanglote devant *Grey's Anatomy*.

Comme aucun repas n'était en vue et que son ventre gargouillait, il se rendit à la cuisine, ouvrit le réfrigérateur et constata que celui-ci était presque vide.

Des œufs. Du fromage vegan. Un paquet de bagels

ouvert. Et un truc sur lequel il était écrit *tofu*.

— Comment peux-tu te considérer comme un chat si tu n'as même pas de lait ?

Comment allait-il manger ses cookies ?

— Je suis intolérante au lactose.

Tiens. C'était plutôt rare pour un félin. Alors qu'il se préparait une collation, trois bagels, les pauvres six œufs restants, une chope de café pour lui – et un thé délicat pour son ourse en sucre car la caféine lui ferait pousser des poils sur la poitrine – il retourna au salon où elles se disputaient.

— Comment ça, tu as dit que j'étais partante ? Je ne m'occupe plus de la sécurité, déclara Hollie.

— Mais on a besoin de toi, dit Lacey, écartant les mains.

— Le Clan a déjà pas mal de gens capables de partir à l'inconnu.

— Pas vraiment. Arik – le roi du Clan du Lion – leur a demandé de gérer une sorte d'urgence. Ceux qui sont partis..., commença Lenore en tournant la tête vers Andrei. Disons que ça n'a pas marché.

— À cause de l'ours.

C'était plus une constatation qu'une question. Hollie secoua la tête.

— Même si j'acceptais d'aider, je ne voudrais pas de son aide. Je travaille seule.

Au lieu de répondre, Andrei mangea.

— Je sais que c'est ce que tu fais habituellement, mais il s'est porté volontaire, expliqua Lacey.

Lena ricana.

— Disons plutôt qu'il nous a suppliées de trouver un moyen de lui éviter la guerre, vu ce qu'a fait son idiote de sœur.

Ce rappel faillit lui couper l'appétit. Lada, sa sœur pourrie gâtée, avait trahi la meute. Elle avait même attaqué un membre du clan. Quelle imbécile. Puis, elle avait aggravé son crime et sa culpabilité en s'enfuyant. Il fallait qu'il restaure leur honneur.

Quoi de mieux que d'offrir son corps et son esprit incroyable pour aider les lions à résoudre ce mystère qui impliquait une clé ancienne ?

— Et comment ce Neandertal est-il censé m'aider ?

Hollie n'était toujours pas convaincue et venait en plus de le traiter de débile. Il aurait pu se vexer, mais son casse-croûte risquait de refroidir.

Ce fut Lenore qui prit sa défense.

— Étant donné que la clé est originaire de Russie, il pourra peut-être te faire entrer dans des lieux où Peter ne pourrait pas.

Peter étant l'humain qui avait trouvé cette clé étrange qui déverrouillait... quoi d'ailleurs ? Telle était la question. Notamment depuis que sa sœur et les autres avaient été prêts à recourir à la violence pour mettre la main dessus.

Lena ricana.

— Peter est un imbécile qui ment probablement.

Lenore acquiesça.

— Je suis d'accord. Cet homme en sait plus qu'il ne

le dit, mais Lawrence nous a formellement interdit de lever les griffes sur lui.

Probablement parce que Lawrence était marié à la sœur de Peter.

Andrei s'arrêta de manger un instant pour intervenir.

— Moi je ne lui ai rien promis du tout. Vous voulez que je le fasse parler ?

— Merci pour ton offre. Mais, non, dit Lacey en lui tapotant le bras. Te demander de le faire revient à rompre notre parole.

— Et puis, ajouta Lena, si ce crétin a été capable de résoudre le mystère, notre nièce super intelligente le peut aussi.

— Ce n'est pas la flatterie qui me convaincra. Je ne veux pas le faire. Je n'ai pas non plus le temps. Vous êtes au courant que j'ai un travail ? Je ne peux pas partir comme ça enquêter sur une clé débile.

Lena eut un rictus.

— Je savais que tu dirais ça. C'est pour ça que je me suis occupée de tous tes rendez-vous de la semaine prochaine.

— Tu as fait quoi ? s'emporta son ourse en sucre. Comment oses-tu déconner avec mes clients ?

— Tu as mal compris. *Nous* sommes tes clientes pour la semaine prochaine. Tu n'as pas fait attention aux noms ? dit Lena.

Sa remarque poussa Hollie à se lever de sa chaise pour se rendre dans le hall d'entrée où elle prit un calepin et le feuilleta. Elle fronça les sourcils. Le feuilleta à nouveau, puis leur jeta un regard noir.

— Vous avez fait exprès de réserver la semaine entière ?

Elle jeta son agenda et Andrei jeta un coup d'œil à la page ouverte. Lundi à neuf heures, G. Enviedefairepipi, remplacement complet des toilettes, Mardi, s'occuper de l'évacuation de Mme. Douchebrûlante.

Il ricana.

Son ourse en sucre lui donna un petit coup.

— Ce n'est pas drôle.

— Tu dois reconnaître qu'elles ont été malignes.

— Merci, dit Lenore. J'étais très fière de celui de jeudi.

Il jeta un coup d'œil et vit un rendez-vous au nom de Dr. Danslabaignoire. Et c'est là qu'il comprit enfin.

— Tu es plombière.

— Et ?

— Ben, tu es une fille, lâcha-t-il sans réfléchir.

Sa remarque lui valut un regard noir. Assez glacial pour qu'il ait envie de retourner sous ses douces couvertures.

— Ce n'est pas parce que je fais pipi assise que je ne suis pas capable de faire mon travail.

— Tu fais pipi assise ? intervint Lena. Ta mère ne t'a pas appris à le faire debout sans mouiller tes pieds ?

Hollie tourna la tête vers sa tante.

— Nous ne ressentons pas toutes le besoin d'utiliser les toilettes des hommes en public.

— Mais il y a toujours des files d'attente devant celles des femmes, grommela Lena.

Bip !

Les bruits stridents derrière la porte qui dissimulait la machine à laver et le sèche-linge attirèrent son regard. Était-ce possible ? Son ourse en sucre avait-elle décidé de lui faire une surprise ?

— Est-ce que l'une d'entre vous a mis ses affaires dans le sèche-linge ? demanda Hollie.

Seule Lacey parut penaude.

— Il faut bien qu'il porte autre chose que ce drap.

— Ne sois pas si pressée, murmura Lenore avec un clin d'œil.

Hollie eut un haut-le-cœur.

— Tu pourrais être sa mère.

— Une mère jeune. Et alors ? L'âge c'est un état d'esprit, déclara Lenore.

— Mon père n'a jamais laissé une différence d'âge se mettre en travers de son chemin, dit Andrei qui décida de l'aider puisque Lenore semblait être de son côté.

— C'est justement la luxure de ton père qui fait qu'il est en prison aujourd'hui, marmonna Lena.

— Ton père est un pédophile ? demanda Hollie en fronçant le nez.

— Non, il est bigame, expliqua-t-il rapidement.

Face à son regard, il haussa les épaules.

— Il adore se marier. Malheureusement, il a tendance à oublier qu'il doit d'abord divorcer.

— Et c'est avec lui que vous voulez que je travaille ? souffla Hollie en attrapant la tasse de thé qu'il lui avait faite avant de grimacer et de la jeter pour lui voler sa chope de café.

Il aurait pu protester, mais cela ne le dérangeait pas d'imaginer ses lèvres toucher le même bord que lui.

Lacey avait ouvert la porte à deux battants de la buanderie et avait sorti ses vêtements, les jetant dans sa direction. Il les attrapa et posa le tissu chaud contre son visage.

— Tu es censé les porter, pas les renifler, déclara Hollie.

— Avec plaisir.

Il enfila les vêtements encore chauds avec un soupir. Quand il eut terminé, il remarqua que Hollie et ses tantes s'étaient retournées, à l'exception de Lenore qui le reluqua et lui fit un clin d'œil.

— J'ai couvert ma splendeur, vous pouvez être libres de regarder sans être submergées par la luxure, dit-il.

— Même pas en rêve, marmonna son ourse en sucre avant de s'exclamer : Mais qu'est-il arrivé à tes vêtements ?

— Je suis à la pointe de la tendance, dit-il en parlant des nombreuses déchirures sur son jean et son tee-shirt.

Cela ne servait à rien de mentionner qu'il avait eu un peu de mal à quitter la Russie.

Il espérait juste qu'on ne l'avait pas suivi.

CHAPITRE DEUX

Même s'il avait couvert toute cette masse musculaire avec des vêtements, Hollie était toujours distraite. Et cela ne l'aidait pas de constamment l'imaginer dans son lit.

Le premier homme à y avoir jamais dormi.

Bien qu'elle ne soit pas vierge. Elle n'avait simplement pas eu de petit ami sérieux depuis le collège. Elle n'était pas intéressée et n'avait pas le temps.

Mais si même cet homme de Neandertal pouvait l'attirer, il était temps qu'elle s'envoie en l'air – seulement pas avec un homme qui était un ours russe agaçant.

Un ursidé avec lequel elle était coincée car ses tantes lui avaient concocté un plan concernant une clé mystérieuse.

Justement, en parlant de ça...

— Où est cette fameuse clé dont vous n'arrêtez pas de parler ?

— Ça veut dire que tu es d'accord ? demanda Lacey avant que Lena ne lui cogne le bras. Quoi ? s'exclama Lacey. Je ne fais que demander.

— Arrêtez de m'oppresser, gronda Hollie.

Elle se sentait déjà assez stressée comme ça. Ses plans pour ce soir, qui consistaient à manger un sandwich et peut-être jouer à *Animal Crossing* tombaient à l'eau. Et en même temps, elle ne pouvait pas nier qu'elle était curieuse.

— On ne sait pas grand-chose à son sujet à part qu'elle est vieille et qu'elle n'apparaît sur aucune base de données.

Lena claqua des doigts et Lacey mit la main dans la poche de son cardigan rose pâle. Lacey était toute propre sur elle et guindée tandis que Lena était celle qui avait l'air dure et Lenore était la tante coquine aux formes voluptueuses sans aucun sens du style.

En plus, elles n'étaient pas ses vraies tantes, mais elles s'étaient proclamées comme telles étant donné leurs liens étroits avec la mère de Hollie.

Lacey tendit la clé et Hollie fut déçue. C'était un morceau de métal sombre, vieux avec quelques gravures. Elle ne transpirait pas la magie ou le mal.

— Comment savez-vous qu'elle est importante ? demanda Hollie qui tendit la main pour la toucher avant qu'une énorme patte ne l'attrape avant elle.

— Donne-moi ça, gros balourd ! exigea-t-elle en tendant la paume.

— Dans un instant, mon ourse en sucre. Sais-tu que c'est la première fois que je la vois d'aussi près ?

— Parce qu'on n'était pas sûres de pouvoir te faire confiance après ce qu'a fait ta sœur, le réprimanda Lena.

— Qu'a-t-elle fait ? demanda Hollie.

— Elle voulait tellement cette clé qu'elle a fait prisonnier notre gentil neveu Lawrence et sa compagne !

— Oh.

Hollie comprenait mieux pourquoi cet ursidé voulait arranger les choses.

— Je ne suis pas ma sœur. Je suis un ours qui a le sens de l'honneur, déclara Andrei.

— C'est ce qu'on verra, répondit Lena d'un ton sinistre.

— Que peux-tu nous dire sur cette clé ? demanda Lacey.

Hollie s'attendait à ce qu'il dise quelque chose de stupide comme peut-être qu'elle permettait d'ouvrir une serrure.

Mais l'ours prit un air pensif. Il la fit rouler entre ses doigts.

— Elle est ancienne, déclara-t-il avant de loucher en l'observant. Les gravures sont vaguement familières.

— D'origine russe ? demanda Lenore.

— Certaines parties, peut-être.

Il la porta à sa bouche pour la lécher, faisant grimacer Hollie, puis la mit entre ses dents pour la mordre.

— Ne la casse pas ! cria Lena.

— C'est principalement du fer, expliqua-t-il avant de la lécher à nouveau. Pas conducteur. Elle a environ trois siècles je dirais, vu le mélange de métaux. Même si le procédé rappelle celui des fabricants de clés européens de l'époque, ce n'est pas le cas pour le design.

Hollie cligna des yeux dans sa direction.

— Et comment sais-tu tout ça exactement ?

— J'ai grandi avec de vieilles choses.

— Tu ne devrais pas parler de ta mère comme ça, remarqua Lenore avec un rictus.

Il haussa des sourcils épais et pleins, comme sa chevelure.

— Je ne manquerais jamais de respect à ma mère. C'est la personne la plus forte que je connaisse.

— Dit le gars qui pense que c'est normal de faire la sieste dans le lit d'inconnues, murmura Hollie.

— Je n'aurais jamais cru que votre nièce soit aussi prude, dit-il à ses tantes en secouant la tête.

— Nous n'avons pas tous besoin de nous exhiber, se défendit Hollie.

— Si ça te gêne, ne regarde pas.

Comment pouvait-elle ? Ce type était bâti comme une montagne de muscles.

— Bon les enfants, si vous avez fini de vous chamailler, les interrompit tante Lenore, revenons-en à la clé. Ta sœur t'a forcément dit quelque chose à son sujet, vu l'intérêt qu'elle y porte.

Andrei secoua la tête.

— Non, rien. Je n'ai d'ailleurs jamais su que Lada était impliquée dans le kidnapping de Lawrence jusqu'à l'opération de sauvetage.

Heureusement que sa sœur s'était cachée, sinon il l'aurait tuée lui-même. Qu'est-ce qui lui avait pris de trahir tout le monde comme ça ?

— Et toujours aucune trace d'elle ?

— Non. Et pourtant on a cherché.

— Ah bon ? dit Hollie d'un air dubitatif. Tu serais vraiment prêt à dénoncer ta sœur ?

Son regard sombre parut soudain encore plus noir.

— Elle doit répondre de ses crimes contre la meute. Elle nous a tous mis en danger. Ça ne peut pas rester impuni.

Peut-être disait-il la vérité. À moins qu'il ne tente lui aussi sa chance avec la clé ? Pour réussir là où sa sœur avait échoué ?

Elle exprima ses soupçons à voix haute.

— Comment pouvons-nous être sûres de te faire confiance ? Peut-être que ton aide n'est qu'un stratagème pour voler la clé à la première occasion ? Ou alors tu cherches à nous utiliser pour résoudre le mystère ?

— Je ne peux que vous donner ma parole que mes intentions sont honorables.

— Ta parole, se moqua Hollie.

— C'est tout ce que j'ai, répondit-il d'un air sombre.

— Je connais Andrei depuis longtemps et je me porte garante pour lui. Même s'il est bête comme ses pieds, il est aussi loyal et stable.

— Tant mieux pour lui. Je suis certaine qu'il fera un merveilleux partenaire alors. Mais pour quelqu'un d'autre. Parce que je ne peux pas vous aider. Je suis plombière, pas détective, leur rappela Hollie.

— Aujourd'hui, oui. Mais je te rappelle que tu étais la meilleure chasseuse du Clan.

Était, oui, car elle avait fini par en avoir marre des histoires. Elle avait eu envie d'une vie stable. Le genre qui lui permettait de dormir dans son lit le soir et non pas dans un fossé humide ou sur un toit exposé au vent. Prendre soin du Clan était un travail à temps plein qui pouvait nécessiter son aide à n'importe quelle heure de la journée. En tant que plombière, c'était *elle* qui décidait de ses horaires.

— Je comprends que les Pires Connasses soient occupées. Mais pourquoi ne vous en chargez-vous pas vous-même ?

Les tantes se jetèrent un coup d'œil rapide avant de se trouver des excuses bidon, expliquant pourquoi elles ne pouvaient pas et pourquoi il fallait que ce soit Hollie qui s'en charge.

— Mon passeport a expiré, dit Lacey.
— J'ai un devoir de juré, ajouta Lenore.
— Peux pas, dit simplement Lena.
Hollie se massa le front.

— Écoutez, je comprends que vous ayez besoin d'aide, mais...

— S'il te plaît.

Ce sont ces mots, prononcés par l'une des tantes les plus bourrues, qui la firent céder.

— OK.

— Parfait, dit Andrei en se frottant les mains, attirant son regard. Je sens que nous allons être d'excellents coéquipiers.

— J'ai dit que *j'étais* d'accord pour les aider avec la clé. Je n'ai pas besoin de ton aide.

— Vois-le moins comme une aide et plus comme... un garde du corps, dit Lenore. Certains veulent désespérément cette clé. Une fois qu'ils découvriront que tu l'as en ta possession, tu seras en danger. Il peut te protéger.

— Je suis capable de me défendre toute seule.

— Hollie, l'avertirent ses tantes, lui rappelant qu'elle était trop têtue.

Elle soupira.

— S'il m'énerve, je ne serai pas tenue responsable.

— Il suffit de le nourrir et il sera sage, lui conseilla Lacey.

— Bon, pour te donner une longueur d'avance avec la clé, nous allons faire comme si nous l'avions toujours, l'informa Lena.

— Vous pensez vraiment que quelqu'un en aura après moi ?

— Oui.

Elles semblaient toutes les trois d'accord là-dessus.

— Une idée de l'endroit où je devrais me rendre pour obtenir des réponses ?

— Non.

Quelques heures plus tard, après qu'elles lui eurent raconté toute l'histoire – qui finalement ne représentait pas grand-chose, elle réalisa qu'elles ne seraient vraiment d'aucune aide.

La clé et sa recherche constituaient l'essentiel de l'information et cela n'aidait absolument pas à déterminer son origine.

Hollie bâilla.

— Je crois que j'en ai assez pour ce soir. Je commencerai à chercher demain.

Alors qu'elle raccompagnait ses tantes à la porte, Lena s'approcha pour lui murmurer :

— Je sais que tu n'es vraiment pas contente de l'avoir dans les parages, mais il est le seul lien que nous ayons avec Lada.

Sous-entendu, le Clan voulait vraiment mettre les griffes sur elle ce qui expliquait pourquoi Andrei voulait absolument faire partie de l'enquête.

La porte se referma et Hollie se retourna pour lever les yeux en l'air, encore et encore, pour observer le géant qui se tenait derrière elle.

— Euh, tu sais ce que ça veut dire, laisser de l'espace ? dit-elle.

— Je te mets mal à l'aise ? Est-ce que tu te sentirais mieux si tu avais ta clé à molette ?

— Tu ne me fais pas peur.

Effectivement, ce n'était pas le cas. En revanche, il la déconcertait. Il lui faisait ressentir des choses qu'elle n'était pas censée éprouver et cela l'agaçait.

— Je suis heureux de l'apprendre, car je ne te ferai jamais de mal.

— Laisse-moi deviner, parce que je suis une femme, c'est ça ?

— En partie. Mais surtout parce que tu n'es pas mon ennemie. Et même si tu l'étais, tu ne fais même pas la moitié de ma taille. Ce ne serait pas juste.

— Tu veux dire que si on doit se battre, tu ne t'en prendras qu'à ceux qui font la même taille que toi ? dit-elle en l'examinant. Je doute que ça arrive souvent.

Il sourit. Un sourire malicieux et bien trop mignon.

— N'aie crainte, mon ourse en sucre, tant que je suis à tes côtés, personne ne s'en prendra à toi.

— Non, par contre on risque de me voler ma nourriture.

— Partager c'est s'engager.

— Et une fourchette peut rapidement devenir une arme. Rappelle-t'en la prochaine fois que tu lorgnes sur quelque chose que j'ai envie de mettre dans ma bouche.

Il baissa les yeux vers ses lèvres.

— Compris.

Elle faillit tressaillir, même si sa réponse n'avait rien de sexuel en soi.

— Bien. Allez. Il est tard et je suis fatiguée. Tu connais la sortie.

Elle retourna au salon pour se laisser retomber sur le sofa.

— Je ne peux pas partir.

— Je te promets que tu ne rateras rien puisque je ne travaillerai pas sur cette histoire de clé avant demain. Alors, sois là à neuf heures pour notre visite au département historique de l'université.

— Réveille-moi à huit heures.

— Demande au service d'étage de s'en charger.

— Tu as un service d'étage ?

Son visage s'illumina et Hollie eut soudain un doute.

— Dans quel hôtel loges-tu ?

— Je loge ici.

— Je ne suis pas un hôtel.

— Je ne peux pas te protéger si je ne suis pas dans les parages. Tu n'as pas fait attention quand tes tantes ont dit que cette clé était dangereuse ?

— Je n'ai pas besoin d'être protégée puisque personne ne sait que je l'ai.

— Ils le sauront dès que tu débuteras ton enquête.

Elle soupira, déjà épuisée par toutes ces histoires.

— Je ne suis pas d'humeur à débattre. Si tu as envie de me protéger, alors très bien. Mais tu vas le regretter. Je n'ai pas de chambre d'amis.

— Ça ne me dérange pas de partager.

— On ne se partagera pas mon lit, grogna-t-elle. Si

tu as envie de dormir ici, tu n'as qu'à prendre le canapé. Et tu gardes tes vêtements !

— Je n'arrive pas à dormir avec mon pantalon.

— Eh bien essaie. Bonne nuit.

Elle alla jusqu'à sa chambre, notamment pour lui échapper avant qu'elle ne soit tentée de l'aider à se déshabiller pour se mettre au lit.

Elle prit la clé avec elle. Ayant les nerfs en pelote – et le sang qui bouillonnait d'irritation – elle commença à faire de simples recherches en ligne.

De vieilles clés. Des clés qui avaient disparu.

Mais c'était bien trop général pour obtenir quoi que ce soit.

Elle prit ensuite des photos de la clé et lança d'autres recherches utilisant quelques sites qui pouvaient comparer une image à des milliards de fichiers indexés.

Rien.

Elle jeta un coup d'œil vers la porte de sa chambre, se demandant si son invité dormait déjà.

Avec ou sans vêtements ?

Elle aurait bien besoin d'un petit en-cas. Elle posa la main sur la poignée de la porte avant même de réaliser qu'elle avait trouvé une excuse pour aller le voir. Elle la cacha finalement dans son dos. Elle ne pouvait pas y aller. Il risquait de le voir comme une invitation. À la place, elle but un verre d'eau et se prépara à aller au lit, se couchant en tenant la clé dans sa main.

Elle passa la nuit à se retourner dans tous les sens, en proie à d'étranges cauchemars.

Le genre qu'elle n'avait pas eu depuis longtemps.

Se débattant et luttant contre le froid jusqu'à ce qu'une couverture chaude ne l'enveloppe et qu'une voix l'apaise.

— *Chhh. Je suis là...*

Elle dormit profondément jusqu'à ce que la lumière du jour n'éclaire sa chambre. Elle cligna des yeux puis s'étira, se demandant ce qui était arrivé à son lit.

Puis, il gronda :

— Bonjour mon ourse en sucre.

CHAPITRE TROIS

D'habitude, Andrei avait besoin d'aide pour que les filles quittent sa couche, mais Hollie n'aurait pas pu sauter plus vite hors du lit.

— C'est quoi ce délire ? couina-t-elle. Qu'est-ce que tu fais dans mon lit ?

Rien puisqu'il était un gentleman.

— Personne ne t'a jamais dit que c'était désagréable de dormir avec toi ? Tu parles, tu gigotes, tu perturbes le repos d'un ours.

— C'est faux, souffla-t-elle.

— Oh que si. Mais il s'avère que la solution pour que nous puissions dormir tous les deux était assez simple. Tu avais juste besoin d'un câlin.

Elle fronça les sourcils.

— Tu ne peux pas débarquer dans ma chambre comme ça.

— Je n'ai pas vraiment débarqué. Je t'avais dit que

je te protègerais. Apparemment, ça implique aussi les cauchemars. Tu as envie d'en parler ?

Car jusqu'à présent elle avait seulement exprimé un sentiment de peur. Pas de mots cohérents. Mais il n'en avait pas besoin. Dès l'instant où il avait entendu son faible gémissement, il n'avait pas pu s'empêcher d'aller la voir. De la réconforter. De s'inquiéter quand elle ne s'était pas réveillée à son contact. Il l'avait attirée sur ses genoux, se demandant s'il devait appeler à l'aide, quand elle s'était finalement calmée. Blottie contre lui comme si elle avait trouvé sa place.

— Je ne m'en souviens pas.

Elle lui tourna le dos, tendue et très belle dans son tee-shirt et son short. Il vit une pointe d'encre dépasser de sa cuisse. Et sur son avant-bras, il remarqua de la couleur. Ce n'était pas facile à accomplir, étant donné que beaucoup de métamorphes rejetaient l'encre et se régénéraient d'une façon qui rendaient les tatouages difficiles – et douloureux.

— Tu as peur de quelque chose ? demanda-t-il. Est-ce qu'il faut que je cogne quelqu'un pour toi ?

— Je ne suis pas d'humeur à être psychanalysée. Tout comme je n'apprécie pas que tu viennes dans ma chambre pendant que je dors pour me malmener.

— Je ne t'ai pas malmenée. Je t'ai réconfortée et tu t'es accrochée à moi comme un lemming[1]. Tu ne voulais pas me lâcher. Est-ce que je me plains moi d'avoir dû te porter toute la nuit pendant que tu bavais sur mon torse ? dit-il en pointant sa peau nue du doigt et attirant son regard.

Elle rougit.

— Tu n'as pas intérêt à être à nouveau nu sous ces draps !

— Par respect pour ta sensibilité, j'ai gardé mon caleçon. Tu vois ?

Il releva les couvertures pour le lui prouver.

Elle jeta un coup d'œil et son regard s'égara assez longtemps pour remarquer la bosse.

— Tu es dégoûtant.

— Quoi, tu condamnes un homme parce qu'il a envie de pisser ?

Ce n'était qu'à moitié vrai. Après tout, un ours faible ne pouvait pas autant se contenir, surtout avec cette femme. Tout chez elle le fascinait, de sa manière de lui tenir tête à sa façon de souffler d'un air sexy quand elle dormait.

Avait-elle conscience de la volonté dont il devait faire preuve pour ne pas la toucher avec ses pattes, surtout quand elle se tortillait au-dessus de lui ?

— Si tu as besoin d'aller faire pipi, vas-y maintenant. Parce que j'ai besoin de prendre une douche, sinon je serai en retard à mon rendez-vous.

— *Notre* rendez-vous, la corrigea-t-il. Qui vas-tu voir ?

Andrei roula hors du lit, ne pouvant s'empêcher de s'étirer, ce qui attira à nouveau son regard – et la fit rougir. Elle se dirigea vers sa commode et commença à faire claquer les tiroirs en attrapant ses vêtements.

— Je vais voir quelqu'un qui pourra nous donner des infos sur la clé.

Alors qu'Andrei entrait dans la salle de bain, il se retint de demander si ce quelqu'un était un homme ou une femme.

Il ne ferma pas la porte alors qu'il se soulageait et son ourse en sucre très prude hurla :

— Mais c'est quoi ton problème ?! Ta mère ne t'a jamais appris les bonnes manières ?

Il se lava les mains avant de sortir et de dire :

— Elle m'a surtout appris que les besoins physiques sont naturels et que nous n'avons pas en avoir honte.

Elle lui jeta un regard noir.

— Ferme la porte parce que ça ne m'intéresse pas de l'entendre.

— Ne me dis pas que t'es le genre de fille qui n'ose pas péter devant un homme parce qu'elle a peur qu'il soit dégoûté, si ?

— Je ne pète pas parce que c'est dégueulasse.

— Tout le monde pète, dit-il.

— Pas moi. Maintenant si tu veux bien m'excuser, j'ai besoin de prendre une douche.

Elle passa à côté de lui, la tête haute, les bras chargés de vêtements. Il ne put s'empêcher de la taquiner.

— Tu veux que je me joigne à toi pour te laver le dos ?

Elle trébucha sur le seuil en marmonnant entre ses dents :

— Non.

C'était une torture intéressante que de l'imaginer sous la douche. Nue. Alors, il chercha à se distraire en se promenant dans sa maison, appréciant son odeur et les traits de sa personnalité mis en évidence.

Elle avait des jeux vidéo de type jeux de rôle avec des monstres et de la magie ainsi que d'autres sur l'agriculture. Pas de livres, à part quelques tomes sur la façon de gérer son entreprise qui traînaient sur son bureau. Un mot de passe protégeait l'accès à l'ordinateur.

Les tableaux et illustrations accrochés aux murs étaient assez basiques : des paysages de villes et de nature. Il n'y avait aucune photo d'elle ou de quelqu'un d'autre.

Quand elle sortit de la salle de bain, portant une serviette sur la tête et vêtue d'un pantalon et d'un pull à manches longues, ce fut à son tour de s'y rendre, son odeur lui fit fermer les yeux alors qu'il tentait de contrôler cette érection têtue qui faisait son retour.

Quand il eut terminé, se sentant tout propre – en ayant à nouveau le contrôle sur son corps – il se frotta les mains et s'exclama :

— Qu'est-ce qu'on mange pour le petit déjeuner ?

Elle s'assit sur le canapé avec une tasse de café et son téléphone.

— Rien, parce que tu as tout mangé hier.

— Alors, allons manger quelque part. C'est moi qui offre.

Même si ses vêtements n'avaient pas très bien survécu au voyage, sa carte de crédit si.

— Tu portes la même tenue qu'hier ?

— Elle est encore propre.

Ton pantalon et ta chemise peut-être, mais tu as dormi avec ce caleçon, dit-elle en fronçant le nez.

— Ne t'inquiète pas mon ourse en sucre. Je l'ai mis dans le panier à linge sale.

Lorsqu'elle comprit ce que cela signifiait, elle baissa les yeux, puis les leva rapidement.

— Tu n'as vraiment pas d'autres vêtements ?

— Ma valise n'a pas survécu au voyage.

Il avait déjà eu de la chance de pouvoir prendre l'avion.

— Alors tu vas devoir faire du shopping.

— Où ça ?

— Dans un magasin, lâcha-t-elle en levant les yeux au ciel.

— On ira après notre rendez-vous.

— Comment ça, *on* ? Tu n'as pas besoin que je vienne avec toi.

— Premièrement, je suis en visite dans ta ville. Ce qui veut dire que tu es plus à même de savoir où aller. Deuxièmement, je ne peux pas te laisser seule, donc soit tu viens avec moi, soit je continue de porter les mêmes vêtements tous les jours, ce qui signifie qu'il faudra les laver tout le temps. Et comme aucun de tes vêtements ne m'ira...

Il pouvait presque imaginer les rouages de son cerveau en mouvement pendant qu'elle rougissait.

— On ira au centre commercial en revenant de l'université.

Ils mangèrent d'abord au restaurant en haut de la rue. Elle choisit un petit déjeuner léger avec trois pancakes, deux saucisses, du jambon, des œufs brouillés, des pommes de terre, un toast, du jus d'orange et un café. Il prit quatre petits déjeuners avec un steak, deux omelettes ainsi qu'une gaufre belge avec de la crème fouettée et des fruits.

Alors qu'il terminait de manger et hésitait à prendre une pâtisserie, elle l'observa.

— Tu manges toujours comme ça ?
— Comment ?

Elle serra la tasse de café entre ses mains.

— Comme si une entité extraterrestre vivait en toi et engloutissait tout ce que tu avalais.
— Je suis seulement un garçon en pleine croissance.
— Tu es un homme d'une trentaine d'années.
— Exactement. J'entre dans la fleur de l'âge.

Elle secoua la tête, mais sourit.

— J'aurais besoin de trois boulots pour payer les courses si je mangeais comme ça.
— En Russie, notre résidence a un grand jardin et nous pouvons chasser. Nous gérons également un

service d'approvisionnement et de distribution de nourriture et nous obtenons la plupart de nos produits à prix coûtant.

— Attend, t'es en train de dire que vous tenez une épicerie ? demanda-t-elle surprise.

— Oui.

— Mais..., dit-elle en le regardant avant de froncer les sourcils. Tu es un Medvedev. Je croyais que vous étiez des escrocs.

— Nous sommes plus des trafiquants au marché noir que des voleurs.

Elle pinça les lèvres.

— Trafiquant de quoi ? De drogues ?

Il se mit à rire.

— Pas du tout, mon ourse en sucre, dit-il avant de se pencher en avant. Nous ne dealons que des choses qui se mangent. Les gens sont prêts à payer cher pour des mets rares. C'est pourquoi je dois réparer les dégâts causés par ma sœur. Le Clan est notre plus gros client. Où crois-tu que vos chefs cuisiniers achètent leur herbe à chat de qualité ?

— Donc vous *dealez* bien de la drogue ! l'accusa-t-elle.

— Et occasionnellement du papier toilette. S'il y a une demande, nous la satisfaisons.

Une fois leurs petits déjeuners avalés et réglés – avec un gros pourboire – ils roulèrent ensuite jusqu'à leur prochaine destination avec le van de plomberie de Hollie. Alors qu'elle conduisait, il regarda l'arrière du véhicule avec intérêt. Tout était bien rangé et ordonné avec ses outils soigneusement disposés et présentés pour une efficacité maximale. Le nom sur le van était simple : *Hollie Jolly Plomberie*, accompagné d'une ventouse qui souriait. C'était une femme qui s'était construit une carrière et pas dans un secteur traditionnel.

— Pourquoi être devenue plombière alors que tu aurais pu travailler pour le Clan ?

Leurs entreprises étaient implantées dans le monde entier.

— J'ai travaillé pour le Clan au département sécurité pendant un moment. Mais j'avais envie de quelque chose de moins mouvementé.

— Alors, pourquoi ne pas avoir travaillé pour une autre branche ?

Car le Clan avait la patte mise sur de nombreuses entreprises.

— Les produits capillaires et la restauration ne m'intéressent pas.

— Ouais, mais la plomberie, quand même..., dit-il, toujours perplexe face à ce choix.

— Pourquoi pas ?

— Parce que c'est un métier sale que peu de gens souhaiteraient apprendre.

La stricte vérité.

— Exactement.

Elle tourna pour se garer sur le parking visiteur de l'université.

— Beaucoup de jeunes lycéens font l'erreur de s'orienter vers des diplômes à l'apparence intéressante. J'ai fait mes recherches et j'ai trouvé ce pour quoi il y avait une réelle demande et où je pourrais être mon propre patron.

— Donc tu travailles avec la merde, mais tu es contre les pets ?

Elle lui jeta un regard en garant le van et éteignit le moteur.

— J'ai mis un sapin de Noël chez moi et ce n'est pas pour autant que je m'attends à ce qu'un gros type habillé de velours rouge vienne mettre quelque chose en dessous.

Elle sortit du véhicule avant qu'il ne puisse répondre.

Et ce n'était pas plus mal car il n'arrivait pas à trouver de réponse percutante. Probablement parce qu'il avait cherché à la déstabiliser et qu'elle avait inversé les rôles. Excellent.

Il la suivit alors qu'elle s'éloignait d'un pas rapide et apprécia de voir ses fesses fermes se tortiller dans son jean, moulant son corps fin. Elle n'avait pas ces courbes qu'il convoitait habituellement et pourtant, sa féminité était clairement mise en avant.

Le campus de l'université ressemblait à beaucoup d'autres, s'étendant sur plusieurs hectares. Les bâtiments étaient parfois faits de briques anciennes et de pierres et de bardages plus modernes là où des extensions avaient été construites.

Ils s'avancèrent vers un bâtiment plus petit et ancien.

— C'est ici que tu as obtenu ton diplôme de plomberie ? demanda-t-il, comme elle semblait bien connaître les lieux.

— Au grand dam de beaucoup, je suis allée dans une école professionnelle. Je l'ai aussi payée de ma poche.

— Le Clan ne fournit-il pas de bourse ?

C'était ce que faisait la meute pour ceux qui avaient de l'ambition et de bonnes notes. Mais ils étaient peu. Les ours préféraient la sieste aux études.

— Maman m'a appris à ne jamais prendre ce dont je n'avais pas besoin. Alors, j'ai économisé durant mes années de lycée et j'ai travaillé les week-ends et les soirs de semaine durant mes études. Puis j'ai fait un stage les premières années avant de me mettre à mon compte.

— Impressionnant.

Ça l'était vraiment. Peu d'ours de sa meute préféraient le travail à la gratuité.

Andrei était entre les deux. Il travaillait dur et dormait bien.

— Alors qui est cette personne que nous allons voir ?

— Le Professeur Kline. C'est un spécialiste de l'histoire européenne.

— Est-ce qu'il est... ?

Il n'ajouta rien de plus, mais elle comprit.

— Il est l'un des nôtres, ce qui veut dire que nous pouvons parler librement.

— Peut-on lui faire confiance ?

Car il suffisait qu'Andrei se remémore les agissements de sa sœur pour réaliser qu'il y avait quelque chose chez cette clé qui faisait ressortir la cupidité des gens.

— Ted n'en parlera à personne.

Ted ? Elle l'appelait par son prénom. La raison en devint évidente quand ils entrèrent dans son bureau.

Le Professeur Kline n'était pas un vieillard repoussant vêtu d'un gilet. C'était un bel homme, assez jeune, qui faisait de grands sourires, avait une odeur de félin et un visage qu'Andrei eut envie de cogner – surtout quand il comprit que Hollie et ce Ted étaient en réalité des ex.

CHAPITRE QUATRE

Bizarrement, Andrei jeta un regard noir à Ted. Hollie n'aurait pas su dire pourquoi. Ce dernier n'avait rien fait de spécial à part lui dire bonjour et la prendre rapidement dans ses bras alors qu'ils échangeaient quelques civilités polies.

Salut, ça fait un bail. T'es superbe. Bla. Bla. Bla.

Boudant, Andrei se tenait tranquillement en retrait, silencieux pour une fois, ce qui voulait dire qu'elle pouvait se mettre au travail.

— J'ai besoin de ton aide pour un truc. On m'a récemment remis une clé, annonça Hollie en sortant son téléphone.

Elle lui montra les photos qu'elle avait prises de l'objet. Ainsi qu'une vidéo. Ted les étudia avant de demander :

— Je peux la voir ?
— Non.

— Tu ne l'as pas amenée avec toi ?

Elle secoua la tête.

— Pardon. Mes tantes n'ont pas voulu me la prêter.

— Tu crois qu'elles pourraient faire une exception ? Ça m'aiderait vraiment de la voir en vrai, dit Ted en fronçant les sourcils.

— Je peux leur demander.

— Oui, s'il te plaît, parce que même si les images sont de bonne qualité il y a de petits détails qui ne peuvent être remarqués qu'en personne.

Avant qu'il ne puisse dire quoi que ce soit d'autre, on toqua à la porte.

— Excuse-moi une seconde, je m'en occupe.

Ted ne partit pas longtemps. Quand il revint, il s'avança vers une étagère où il sélectionna quelques tomes. Il commença à les feuilleter et elle ne put s'empêcher de lui demander :

— Tu la reconnais ?

— Non. Cependant, le design fait penser au seizième siècle.

Il s'arrêta sur une image et retourna le livre pour lui montrer. Celle-ci lui parut vaguement familière car la clé sur la page était grosse, en métal et ornée de gravures.

— Y a-t-il un moyen de savoir qui l'a fabriquée ? Ou ce qu'elle ouvre ? demanda-t-elle.

Ted rigola.

— As-tu la moindre idée des centaines de clés qui ont été créées à cette époque ? Ça pourrait être pour n'importe quoi. Une boîte à trésor, une porte, un souvenir. J'aurais besoin de l'avoir pendant quelques jours pour faire des tests.

Elle secoua la tête.

— Ce n'est pas possible. Disons qu'il y a eu quelques... problèmes autour de cette clé.

— Des problèmes, c'est-à-dire ?

— Eh bien, certaines personnes veulent vraiment mettre la main dessus et n'ont pas peur d'avoir recours à la violence pour y parvenir.

Ted fronça les sourcils.

— Tu es en danger ?

— Non, tout va bien, grommela Andrei, prenant enfin part à la conversation.

— Et tu es... ? demanda Ted.

Avant qu'elle n'ait le temps de répondre qu'il était le boulet que ses tantes lui avaient refilé, Andrei répondit :

— Son petit ami.

Elle cligna des yeux et ouvrit la bouche pour réfuter cette affirmation avant de voir qu'il fixait Ted du regard. Non, il ne le fixait pas. Il lui jetait un regard noir.

C'était quoi ce délire ? Il semblait jaloux. Mais comment pouvait-il savoir ? Et pourquoi en avait-il quelque chose à faire ?

— Félicitations. Hollie est une perle. Malheureusement, au lycée, j'étais trop bête pour m'en rendre compte.

C'était un mensonge. Ted avait surtout des problèmes avec la monogamie. Hollie avait rompu avec lui et ne lui aurait probablement jamais plus adressé la parole. Malheureusement, il faisait partie du Clan et en lui montrant qu'elle était en colère elle lui aurait fait comprendre qu'il comptait pour elle.

Sauf que ce n'était pas le cas. Il avait simplement été un corps chaud et réconfortant dont elle avait pu se servir quand elle en avait eu besoin.

— Je dois reconnaître que mon ourse en sucre est unique, déclara Andrei.

— Si on a fini de parler de moi, est-ce qu'on peut se reconcentrer sur la clé ?

Ted secoua la tête.

— Je crains de ne pas pouvoir faire grand-chose de plus. Je veux dire, à moins que tu ne saches à quelle famille elle appartenait à l'origine.

— En quoi cela peut-il aider ?

— Dans le cas d'un héritage important, il y a généralement une légende familiale qui est transmise à ce sujet. En l'état actuel des choses, je ne pourrais pas vous dire si c'est une porte, un meuble, ou même un coffre que cette clé ouvre.

— C'est comme une aiguille dans une botte de foin, soupira-t-elle.

Ted haussa les épaules.

— Désolé de ne pas pouvoir t'aider davantage.

— Ce n'est pas grave. Merci pour ton temps.

Ils s'en allèrent, pas plus avancés que lorsqu'ils

étaient arrivés. Frustrée, elle ressentait le besoin de s'énerver et Andrei était la cible parfaite.

Pour son poing.

— Mais qu'est-ce qui t'a pris de dire à Ted que tu étais mon petit ami ?

Il ne tressaillit pas ni ne cria, il ne fit que rouler des mécaniques.

— Je t'offrais simplement une couverture. Ç'aurait paru moins suspicieux que ton petit ami dorme chez toi plutôt que ton garde du corps.

— Comment pourrais-je avoir un petit ami russe alors que je n'ai jamais quitté les États-Unis ?

— Applications de rencontres en ligne.

— Personne ne croira jamais que j'utilise ce genre de choses.

— Un marié russe par correspondance ? dit-il en souriant.

— Comme si j'aurais choisi le plus costaud du catalogue. J'ai l'air si désespérée que ça ?

— Tu as dû l'être à un moment donné puisque tu es sortie avec cette tête de nœud.

— Ted est très bien.

— Il est sournois.

— Mais doué au lit.

Elle eut envie de le préciser mais sa réaction fut un peu plus excessive que prévu. Ils arrivèrent au van et elle se retrouva soudain plaquée contre celui-ci alors qu'Andrei la bloquait avec ses bras, se penchant vers elle, le visage près du sien.

— Qu'est-ce que tu fais ? Recule-toi.

Elle poussa sur son torse. Cela n'eut aucun effet. Il s'avança plus près et murmura :

— On nous observe.

— Hein ? Qui ça ?

— Je ne sais pas, mais ils nous suivent depuis qu'on a quitté le bâtiment d'histoire.

— C'est peut-être des étudiants.

— Peut-être. Mais juste au cas où, embrasse-moi.

— Pourquoi ?

Au lieu de lui expliquer, il plaqua sa bouche contre la sienne et ses sens explosèrent.

Ses lèvres se collèrent aux siennes. Son souffle devint erratique et une sensation de chaleur s'enroula entre ses cuisses, la chatouillant.

Quand leur baiser fut rompu, il lui fallut un moment pour ouvrir les yeux. Une seconde de plus pour voir qu'Andrei regardait par-dessus son épaule.

— T'as bien joué le jeu, dit-il. Ils sont partis.

Joué ?

Il n'y avait rien de factice avec sa culotte mouillée et cette forte envie de l'attraper par les oreilles pour en redemander. Rien que de l'imaginer, elle préféra dire d'un ton sec :

— Allons-y.

— Où ça, mon ourse en sucre ?

Si elle lui répondait : « dans mon lit », il serait probablement d'accord.

Alors à la place, elle choisit la seule chose qui pourrait refroidir ses ardeurs.

— Il est temps d'aller au centre commercial pour te trouver des habits.

Abasourdie par leur baiser, elle ne dit pas grand-chose en roulant. Elle n'écoutait qu'à moitié l'ours à ses côtés jusqu'à ce qu'il dise quelque chose d'intéressant.

— Attends. Reprends du début, tu viens de dire quoi ?

— Ton professeur a évoqué des légendes familiales.

— Tu en connais une avec une clé comme la nôtre ?

— Pas vraiment. Cependant, il y a un symbole dessus. Bizarrement, il me paraît... familier. Comme si je l'avais déjà vu avant.

— Lequel ? Où ça ?

L'homme des cavernes à ses côtés pouvait-il finalement s'avérer utile dans leur enquête ?

— Je vais y réfléchir pendant le déjeuner.

Les propriétaires du buffet à volonté auraient pu faire faillite si Andrei n'avait pas insisté pour payer un supplément. Pour un type costaud et insolent qui dealait de la nourriture interdite, il avait une sacrée éthique. Il ne lésinait pas sur le paiement d'un service. Il lui tenait toujours la porte. Il restait debout jusqu'à ce qu'elle s'assoie.

Et il l'avait tellement bien embrassée qu'elle n'arrêtait pas de regarder sa bouche. Celle-ci était actuellement en train de bouger, mais elle mit quelques secondes à réaliser qu'il s'adressait à elle.

— J'ai dit, est-ce que ça te dérange si j'envoie une photo du symbole qui m'est familier sur la clé à ma meute ?

— Vu les agissements de ta sœur, tu penses vraiment que c'est une bonne idée ?

— Je suis persuadé qu'elle a agi seule. Et je n'allais pas tout envoyer, juste un zoom sur la gravure.

— J'imagine que ça ne devrait pas poser de problème.

Elle n'obtiendrait pas de réponse si elle se la jouait trop prudente.

— Tu peux me faire confiance, mon ourse en sucre.

Elle ricana.

— Ne fais pas une promesse que tu ne pourras probablement pas tenir.

— Si je te donne ma parole, je ne la romprai pas.

— Et si tu me promettais de ne plus m'embrasser par prétexte ?

— Premièrement, je faisais ça pour garder notre couverture car quelqu'un nous espionnait. Et deuxièmement, je ne peux pas te promettre ça, car c'était bien trop agréable de t'embrasser.

— Et si je n'ai pas envie d'être embrassée ?

— Je crois que si, tu en as envie.

Il avait raison, mais ça ne la rendait pas plus heureuse. Elle n'avait pas envie de vouloir l'embrasser. Et cela n'aidait pas qu'elle meure d'envie d'un deuxième baiser.

— Plus de baisers.

— Et les caresses ?

— Pas de contact non plus.

— Et si tu me montes à nouveau dessus dans ton sommeil ?

— Et si tu restais simplement hors de mon lit ?

— Ça, je ne peux pas te le promettre. Tu pourrais avoir besoin d'un câlin si tu fais un cauchemar.

Elle aurait pu argumenter davantage, mais ils étaient arrivés au centre commercial.

— Nous y sommes.

Et elle eut probablement l'air plus sinistre que nécessaire lorsqu'elle lui dit :

— Allons faire les magasins.

CHAPITRE CINQ

Le centre commercial était immense avec ses deux étages et son parking bondé. Elle choisit une place visible par les piétons ce qui limitait les risques de vols.

Une fois à l'intérieur, elle ne se laissa pas distraire par les magasins de sacs ou les bijoux. Elle emmena directement Andrei dans une boutique populaire de vêtements pour homme. Ils étaient tous trop petits.

Il secoua la tête.

— J'ai besoin de quelque chose qui propose des vêtements avec de vraies tailles d'homme, pas ces trucs minuscules, dit-il en brandissant une chemise qui craquerait sans doute s'il l'essayait.

— Hmmm.

Elle se mordilla la lèvre inférieure en réfléchissant, le rendant jaloux.

Quand il l'avait embrassée un peu plus tôt, il l'avait

fait parce que quelqu'un les avait suivis et les espionnait. Mais il avait suffi d'un seul contact pour qu'il n'ait plus envie de s'arrêter. Le fait de l'embrasser avait enflammé tous ses sens et avait fait gronder son ours intérieur. Quelque chose s'était déclenché en lui et il avait tout de suite su qu'il allait avoir des ennuis.

Alors qu'elle étudiait la carte du centre commercial, il ne put s'empêcher de se demander ce que cela signifiait. Cette lionne était-elle son âme sœur ? Il faillit grimacer en y pensant, anticipant déjà que sa mère ne serait pas du tout d'accord. Enfin, ce serait même pire. Elle rejetterait carrément Hollie et simplement à cause de son espèce.

Peut-être avait-il tort.

— Essayons le magasin Grand et Fort, dit-elle en lui jetant un coup d'œil par-dessus son épaule. Leurs vêtements sont conçus pour les hommes dont la taille est au-dessus de la moyenne.

— Content de voir que tu reconnais ma puissance et magnificence.

Elle ricana.

— Pour ça, il te faudrait déjà moins de poils dans le dos.

— Ne dénigre pas ma fourrure luxuriante. Je ne fais pas de remarque sur ta moustache moi.

Elle porta la main à sa lèvre supérieure, mais elle ne put cacher son air renfrogné.

— Laisse mon duvet tranquille.

— J'aime bien ton duvet, moi.

— Pff.

Elle s'éloigna, énervée contre lui. Pourtant, cela ne l'empêcha pas de s'arrêter brusquement et de dire d'un ton agacé :

— Tu viens ?

Il avait la drôle d'impression qu'il la suivrait n'importe où.

— Oui, *mon capitaine* ! dit-il en la saluant.

Elle leva les yeux au ciel, mais ses lèvres tressaillirent d'amusement.

— Idiot.

En marchant derrière elle, il n'en profita pas seulement pour regarder ses jolies fesses, mais aussi les gens dans le hall. Est-ce que l'un d'entre eux prêtait trop attention à son ourse en sucre ?

Il vit un humain qui méritait qu'on lui arrache les yeux et les piétine pour l'avoir trop reluquée. Un autre s'approcha même de Hollie avec un sourire narquois jusqu'à ce que Andrei accélère le pas et lui jette un regard noir.

Pendant ce temps, elle paraissait indifférente à tout ce qui se passait autour d'elle, uniquement concentrée sur sa destination.

Du moins, c'est ce qu'il crut.

Alors qu'il la rejoignait devant le magasin, elle lui murmura :

— T'es passé complètement inaperçu.

— Merci.

— J'étais ironique. Je croyais que tu étais le maître du camouflage ?

— Je croyais avoir joué le rôle du petit ami jaloux à la perfection. On devrait peut-être s'embrasser à nouveau pour compléter ma performance.

Elle baissa les yeux vers ses lèvres. Assez longtemps pour qu'il soit certain qu'elle se remémorait leur baiser passionné.

Elle se tourna brutalement.

— Allez, finissons-en.

La boutique qu'elle avait repérée proposait de vraies tailles d'hommes. Il attrapa toute une pile de vêtements à essayer et se fit réprimander quand il réalisa qu'ils n'avaient pas le droit d'entrer tous les deux dans la cabine d'essayage.

— Reste dans les parages.

Elle soupira.

— Sérieusement ? Nous sommes dans un espace public. Un centre commercial d'humains, je précise. Personne ne va s'en prendre à moi ici.

— Justement, ce lieu est parfait pour une embuscade car l'ennemi s'attend à ce que tu baisses ta garde.

— Tu es ridicule.

— Ne m'oblige pas à laisser la porte ouverte pendant que j'essaie les vêtements.

— Vas-y, comme ça tu te feras arrêter pour attentat à la pudeur.

— Hollie !

Pour une fois, il l'appela par son prénom en prenant sa voix la plus sévère et elle sourit.

— Oui, Papa Ours.

Il ne put s'empêcher de rire.

— Je suis sérieux. Ne t'éloigne pas ! s'exclama-t-il avant de s'enfermer à l'intérieur.

Il essaya rapidement les habits, créant deux piles.

Alors qu'il était en caleçon, essayant le dernier jean, elle lui dit :

— Je crois que quelqu'un m'observe.

— C'est parce que t'es canon, dit-il en enfilant le pantalon.

Il ouvrit la porte, pieds nus et sans avoir boutonné son jean. Il fut ravi de voir qu'elle le regardait fixement. En déglutissant. Avant que son regard, brillant d'intérêt, ne rencontre le sien.

— Où ça ?

— Là-bas, vers le stand de lunettes de soleil, devant le magasin. C'est probablement juste un pervers.

— Ou un gars qui a bon goût.

Il jeta un coup d'œil par-dessus la tête de Hollie et vit l'homme en question. Il plissa les yeux.

— C'est la même personne qui nous observait à l'université.

Le type vit qu'il l'avait repéré, se raidit et s'enfuit.

Et son ourse en sucre, qui avait un instinct de chasseuse, lui courut après en criant :

— On se retrouve au van !

Certainement pas. Il la suivit immédiatement,

avant que quelqu'un ne l'attrape par le bras. Il tourna la tête vers le vendeur.

— Où est-ce que vous allez comme ça ? Vous devez payer pour ce jean.

Il baissa les yeux vers ses jambes. Payer ou se déshabiller. Il savait ce que dirait Hollie. Mais son instinct lui hurlait de faire quelque chose. Il jeta le jean par terre, se retrouvant en caleçon, celui qu'il avait aussi essayé et qui était également étiqueté.

Cela ne le dérangeait pas de partir tout nu, mais il ne pourrait pas aider Hollie si les autorités locales l'arrêtaient pour vol ou indécence.

— Merde.

Il pivota vers les cabines d'essayage, enfila son vieux jean et sa chemise, puis ses chaussures. En sortant, il jeta sa carte de crédit et les vêtements qu'il avait choisis au type.

— Procédez au paiement. Je reviens.

Et oui, il avait prononcé ces mots avec une voix de *Terminator*. Sa mère leur avait fait regarder des films américains, à lui et ses sœurs, dès leur plus jeune âge pour qu'ils n'aient pas d'accent. Car, comme elle leur avait expliqué – parfois avec une cuillère en bois dans la main – que plus ils parleraient de langues, plus ils pourraient s'intégrer. Et s'assurer que personne ne profite d'eux.

Pendant que le vendeur encaissait les articles, il prit la même direction que Hollie quand elle était partie en courant. Il n'avait pas besoin de la voir pour suivre son odeur. Il ne savait même pas si c'était l'odorat qui le guidait, d'ailleurs. C'était plutôt l'instinct. Comme s'il savait où la trouver.

Il la rejoignit dans un des couloirs de service, le bras pressé contre la gorge d'un homme. Un humain, pas un métamorphe.

— Je croyais t'avoir dit de rester dans mon champ de vision ! aboya-t-il, soulagé qu'elle ne paraisse pas blessée.

— Calme-toi, Papa Ours. Comme tu peux le constater, je gère la situation. Tu es pile à l'heure pour entendre quelques réponses. À commencer par : Pourquoi est-ce que tu me suis ? demanda-t-elle au type avec un regard noir.

— Je... ne vous suis pas, balbutia celui-ci.

— Tu étais à l'université.

— J'étudie là-bas.

— Et comme par hasard, tu te retrouves dans le même centre commercial que moi ? dit-elle en haussant les sourcils.

— Je travaille ici quand je n'ai pas cours, répondit-il d'une voix aiguë et effrayée.

— Alors, dans ce cas-là, pourquoi es-tu parti en courant ?

— Parce que votre petit ami avait l'air furieux, dit l'humain qui regarda Andrei.

Ce dernier sourit. Affichant un rictus terrible et le type déglutit avec difficulté.

— Et pourquoi tu me regardais, d'abord ? Hein ? grogna-t-elle.

— Parce que vous êtes jolie ?

— Il n'a pas tort, ajouta Andrei.

— Je pense que tu mens.

Elle se pencha plus près et le gars geignit.

— Je suis désolé. Je promets que je ne vous regarderai plus jamais.

Même là, il n'arrivait pas à la regarder en face. Il transpirait la peur et puait la lâcheté.

— Tu ne devrais pas regarder les femmes comme si elles étaient de la viande. Jamais. C'est impoli, gronda-t-elle.

— Je le promets ! haleta-t-il.

— Je crois que tu peux laisser ce petit homme partir. Il a retenu la leçon.

Andrei la laissa croire qu'elle l'avait bien menacé.

Pas la peine qu'elle sache qu'il avait fait mine de l'égorger dans son dos.

Elle grogna en relâchant le type qui s'enfuit vers la sortie au bout du couloir. Elle posa les mains sur ses hanches en disant :

— Je n'avais pas besoin de ton aide.

— Clairement.

— Je peux me défendre toute seule.

— Et tu t'es bien occupé de ce pervers. Bravo.

Elle pinça les lèvres. Il fit de son mieux pour ne pas sourire.

— Qu'est-il arrivé aux habits que tu essayais tout à l'heure ?

— Je les ai laissés à la caisse. On peut aller les chercher ou tu veux d'abord terroriser d'autres humains ?

— Moi ? C'est toi qui lui as fait peur et l'as fait fuir.

— Et toi, il a fallu que tu lui coures après, remarqua-t-il alors qu'ils retournaient aux magasins pour récupérer ses achats.

— C'est dans mon sang. Je ne peux pas toujours m'en empêcher, avoua-t-elle.

— Une chasseuse née et pourtant tu as choisi la plomberie ?

— Ma mère était chasseuse pour le Clan. Elle était douée elle aussi. Elle passait beaucoup de temps loin de la maison pour le travail, expliqua-t-elle en haussant les épaules. Je ne voulais pas de ce genre de vie.

Ce qu'elle ne disait pas, c'était surtout que lorsqu'elle avait été plus jeune elle s'était souvent sentie seule quand sa mère était absente.

Il plaça un bras autour de ses épaules et la serra contre lui.

— Tu aurais dû être une ourse. Nous n'aimons pas passer du temps loin de chez nous.

— Personne n'a envie d'être un ours, dit-elle en se libérant de son étreinte. Ils sont gros, poilus et sentent mauvais.

— C'est vrai, mais au moins on ne se lèche pas le cul.

Elle le regarda, surprise, puis éclata de rire.

Son rire était comme une musique, son sourire sincère était plus beau qu'un rayon de soleil. Mais sa bonne humeur ne dura que jusqu'à ce qu'ils arrivent chez elle et constatent que sa maison avait été vandalisée.

CHAPITRE SIX

Cette violation d'intimité la laissa sans voix.

Ce n'était pas seulement une pièce de sa maison qui avait été saccagée. Ça commençait dans le hall d'entrée, où le placard avait été vidé de ses manteaux et chaussures. Ils s'étaient ensuite attaqués au salon où le rembourrage du canapé déchiré jonchait le sol. Les photos avaient été arrachées des murs et des trous creusaient le plâtre. Pas un seul meuble n'était encore en place. Le tiroir de la table d'appoint n'avait pas seulement été arraché, mais éclaté en plusieurs morceaux. Sa cuisine n'était plus qu'un amas de verre et de nourriture renversée.

Cette destruction totale la laissa bouche bée. Et tout ça pour quoi ?

Ce n'était pas pour un cambriolage car les objets de valeur comme la télévision avaient été brisés et non volés. Ses quelques bijoux étaient éparpillés partout.

— Ils cherchaient quelque chose. Et je parie que je sais ce que c'est, remarqua Andrei d'un air sinistre.

— La clé.

Qu'elle n'avait pas laissé chez elle. Ceux qui avaient retourné sa maison avaient dû penser qu'elle l'avait cachée quelque part avant de partir et n'avaient visiblement pas cru que ses tantes l'avaient en leur possession.

Andrei s'accroupit, une main posée sur le sol alors qu'il se penchait en avant et reniflait.

— Ils étaient trois. Des humains. Deux hommes. Une femme.

— Des infos basiques qui ne nous aident pas beaucoup.

Elle ne précisa pas qu'elle avait senti que l'un des hommes avait mangé du bacon ce matin ni que la femme avait du chewing-gum à la menthe collé sur sa semelle.

Elle se concentra plutôt sur l'invasion de sa maison. Son espace. Tout ça pour une foutue clé.

Elle pinça les lèvres.

— Tout compte fait, je crois bien que le type du centre commercial nous espionnait.

— Et qu'il a indiqué notre position à ceux qui fouillaient, ajouta Andrei. Mais comment pouvaient-ils savoir que tu avais la clé ? Le plan c'était que tes tantes fassent semblant de l'avoir en leur possession et donnent du fil à retordre à ceux qui la cherchaient.

Auraient-elles confié à quelqu'un que c'était toi qui l'avais ?

Elle secoua la tête.

— Et comme nous n'avons commencé nos recherches qu'aujourd'hui...

Andrei ne termina pas sa phrase et elle comprit où il voulait en venir.

— Tu penses que Ted a vendu la mèche.

— Il est la seule personne à qui nous en avons parlé.

— Pourtant je lui ai dit que je ne l'avais pas.

— Il ne t'a peut-être pas crue.

— Il n'oserait pas me vendre à des humains, dit-elle et pourtant, cela faisait des années qu'ils n'étaient pas sortis ensemble.

Et honnêtement, il n'avait pas prouvé être digne de confiance à l'époque puisqu'il l'avait trompée.

— Certaines personnes seraient prêtes à vendre leur propre famille pour un bon prix.

— Moi non, dit-elle avec véhémence.

— Parce que tu n'es pas une connasse, dit-il d'un ton sec.

Ce n'était pas drôle et pourtant, elle rigola – un son rauque et amer.

— Ça va me prendre des jours peut-être même des semaines pour tout remplacer et réparer.

Où allait-elle bien pouvoir trouver un moule à tarte gratuit ? Elle l'avait trouvé sur un tas d'encombrants puis l'avait poncé et repeint. Et le canapé ? Elle l'avait acheté à une vente de liquidation.

Toutes ces choses pour lesquelles elle avait travaillé si dur. Disparues. Les larmes lui montèrent aux yeux et elle se tourna de peur qu'il ne le voie.

Mais elle ne fut pas assez rapide.

— Oh, mon ourse en sucre. Ne pleure pas.

— Je ne pleure pas, dit-elle d'une voix rauque. Je suis juste énervée.

— Ce qui est normal. Ce sont de sacrés cons. Mais on peut tout réparer. Je te le promets. Et plus rapidement que tu ne le penses. On va embaucher des gens pour nous aider.

— Il n'y a pas de « *nous* » qui tient. C'est mon problème.

— Tu sembles avoir oublié que je suis impliqué dans tout ça.

— Non. C'est ma maison. Ma vie. Réparer tout ça est bien plus important pour moi qu'une fichue clé qui rend les gens complètement fous.

— C'est précisément parce qu'elle pousse les gens à commettre des actes désespérés que nous devons trouver quelle est son utilité.

— Sinon ils reviendront sans cesse, dit-elle d'un ton morne.

L'autre solution était de rendre la clé et donc de refiler le problème à quelqu'un d'autre. De fuir comme une lâche. Elle frotta ses yeux brûlants.

— Argh.

— Est-ce tu veux me frapper pour évacuer ta frustration ?

Elle le regarda. Évidemment qu'elle avait envie de se le taper.

— Je ne suis pas en colère contre toi.

— C'est vraiment merdique ce qu'ils ont fait. Utilise cette colère pour te focaliser sur la prochaine étape. Pendant qu'on cherche à savoir ce qu'est cette clé et qui cherche à l'obtenir, nous engagerons des pros pour tout réparer.

— Dit le gars qui a de l'argent. On n'est pas tous riches, tu sais.

— Je peux t'aider.

— Je n'accepte pas les actes de charité.

— Alors, vois-le comme un paiement pour ton hospitalité.

— Tu as seulement passé une nuit ici en tant qu'invité – et une journée en tant qu'intrus.

— Si tu refuses que je t'aide, acceptes-tu au moins que je te fasse un prêt ?

— Avec quel taux d'intérêt et quelles conditions de remboursement ?

— Rembourse-moi comme tu le souhaites avec pour seul intérêt un baiser par jour.

Sa requête lui fit tourner la tête. Et en même temps, Hollie s'insurgea.

— Je ne te paierai pas en nature !

— Je n'oserai jamais te demander ça, même si j'en rêve. Mais un baiser ? Ça ne prend que quelques secondes de presser tes lèvres contre n'importe quelle partie de mon corps.

— Donc, je pourrais t'embrasser la main par exemple ?

— Le nez. La joue. Ou... autre chose.

Son sourire était plus que coquin.

L'offre était tentante, car elle avait bien apprécié leur faux baiser.

Ça devait aussi être le cas pour Andrei, sinon il ne lui demanderait pas.

Mais quand même... elle n'était pas une salope qui échangeait des faveurs contre de l'argent. Elle secoua la tête.

— Ton offre est généreuse, mais je ne peux pas accepter.

— Je peux comprendre, même si je suis déçu. Dans ce cas-là, acceptes-tu mon aide pour t'aider à nettoyer les zones où il y a le plus de dégâts ?

Ne scie pas la branche sur laquelle tu es assise. Elle pouvait presque entendre les paroles de sa tante Lena résonner dans ses oreilles. Sous-entendu, il ne fallait pas que sa fierté la pousse à agir bêtement. Elle acquiesça et ils passèrent le reste de l'après-midi à remplir des sacs poubelles. Il y avait tellement de sacs qu'elle ne fut pas très contrariée lorsqu'un camion poubelle vint se garer dans son allée. Il y avait trop de déchets pour qu'elle les pose simplement sur le trottoir.

Cela leur prit des heures, mais quand ils eurent terminé, sa maison était quasiment vide et propre.

Quelques objets avaient survécu. Les chaises et la table de la cuisine. De la vaisselle en plastique. Quelques vêtements. Mais son matelas avait été éventré.

Elle n'avait pas besoin de le voir froncer les sourcils pour réaliser l'évidence.

— On ne peut pas rester ici ce soir.

— Je pourrais peut-être dormir chez l'une de mes tantes ou dans la suite pour les invités dans la résidence du Clan jusqu'à ce que je puisse au moins remplacer mon lit.

Ce qui finalement, impliquait de raconter ce qui s'était passé à ses tantes. Elles allaient péter les plombs. Mais il fallait bien qu'elles sachent que quelqu'un recherchait déjà la clé.

— Si tu ne veux pas t'imposer chez elles, on peut toujours louer une chambre d'hôtel, suggéra-t-il.

Elle pinça les lèvres.

— Toi tu peux, moi j'ai d'autres options.

— Il vaudrait mieux que j'en fasse partie. Maintenant que tu t'es fait attaquer, je ne te laisserai plus jamais seule mon ourse en sucre.

— Tu veux bien arrêter de m'appeler comme ça ? Je m'appelle Hollie.

— Mais tu sens le sucre.

— Alors dans ce cas-là ça devrait plutôt être lionne en sucre, non ? dit-elle en haussant les sourcils.

— Trop tard. Ça ne sonne pas pareil. Et puis, pour moi tu es déjà mon ourse en sucre.

— Comment ça trop tard ? Nous nous sommes rencontrés depuis seulement un jour.

— Et pourtant, j'ai l'impression de te connaître depuis bien plus longtemps.

Bizarrement, elle ressentait la *même* chose.

— Tu devrais peut-être te trouver une autre partenaire.

— J'aime bien celle que j'ai. Tu n'es pas un peu curieuse de savoir pourquoi ils sont si désespérés ?

— Je suis surtout furieuse.

— Tant mieux. Ne laisse pas ces connards s'en tirer comme ça après qu'ils aient saccagé ta maison. Ça devrait être à eux de payer pour la réparer !

Il n'avait pas tort. Mais elle n'était pas du genre à se venger. Ou devenir hystérique. Elle laissait ça à celles qui se faisaient appeler les Pires Connasses. Elle, elle était juste Hollie. Stable. Ennuyeuse. Inébranlable.

Elle remarqua soudain un trou dans le mur. Ils avaient cassé le plâtre, même s'il était évident qu'elle n'avait rien pu cacher à l'intérieur. Comment avaient-ils pu oser ?

— Même si j'avais envie de pourchasser les humains qui ont fait tout ça, je ne sais même pas par où commencer.

Car leur piste s'arrêtait sur le trottoir, là où ils étaient visiblement montés dans une voiture.

— Je crois qu'il est temps que l'on rende visite à ce fameux Peter.

— Tu as entendu ce qu'ont dit mes tantes, nous

n'avons pas le droit de le torturer pour obtenir des infos.

— Qui a parlé de torture ? Il y a plusieurs façons d'obtenir des informations, dit-il avec un clin d'œil.

— Hors de question ! Je ne séduirai pas ce type.

Il ricana.

— Comme si j'allais accepter que tu touches un autre homme. J'ai un meilleur plan.

— J'ai peur de te demander de quoi il s'agit.

— Fais-moi confiance, ça va marcher.

Faire confiance à un gros ours insolent ?

— Tu es incorrigible.

— Mais beau, n'est-ce pas ?

Elle secoua la tête, incapable de freiner ce sourire sur ses lèvres.

— Ouais et une sacrée plaie. Je plains la femme qui voudra essayer de t'apprivoiser.

— Il n'y a pas que la plaie qui est sacrée. Et pourquoi voudrais-tu m'apprivoiser ?

Oui effectivement, pourquoi ? Il y avait quelque chose dans son côté sauvage qui l'attirait. Qui lui donnait envie d'être la moins prudente des deux. Celle qui partait à la poursuite de quelqu'un comme ça, sur un coup de tête, comme aujourd'hui. Celle dont le sang bouillonnait.

— C'est quoi le plan ? demanda-t-elle.

Étant donné qu'une confrontation directe se solderait probablement par une porte claquée au nez et impliquerait le Clan, Andrei suggéra qu'ils surveillent l'appartement de Peter.

Et ils le firent dans son van, qui contenait une quantité ahurissante de fast food et de boissons, car apparemment, c'était nécessaire pour leur opération espionnage.

Mais leur espionnage finit par payer. Un homme qui correspondait à la description de Peter quitta le bâtiment, se dirigeant à vive allure vers un pub en bas de la rue.

— Il se fait suivre, remarqua Andrei en repérant une ombre qui se détachait et qui gardait discrètement ses distances.

Elle plissa les yeux.

— Je connais cette femme, dit Hollie avec surprise. Enfin, plus ou moins. Je ne l'ai jamais rencontrée en personne, mais je l'ai déjà vue dans les alentours. Elle a récemment commencé à travailler pour la sécurité du Clan. Tu crois qu'elle a été engagée pour protéger Peter ?

— On dirait bien oui. Pour ça, ou pour garder un œil sur lui.

— Dans tous les cas, on ne peut pas trop s'approcher. Si elle nous voit, elle risque de cafter.

— Pour dire quoi ? Que nous avons croisé Peter au bar par hasard et que nous avons bu quelques verres ? J'imagine que c'est autorisé.

— Quand tu parles de boire des verres..., commença-t-il en ayant à nouveau un sourire vicieux.

Tu as dit qu'on ne pouvait pas le torturer. Et si un humain finissait par être ivre et balancer quelques infos ?

— Parce qu'il va vouloir se saouler avec un inconnu et cracher le morceau peut-être ?

Il ricana.

— Tu ne connais rien aux hommes ou quoi ? Nous détestons boire seuls.

— Et l'ombre qui le suit ?

— Ce sera ton problème.

— Je refuse de l'assommer !

Il leva les yeux au ciel.

— Et dire qu'on dit que les ours ont vite recours à la violence. Je n'ai jamais dit que tu devais t'en prendre à cette femme. Essaie juste de la distraire. Offres-lui une bière.

— Je ne bois pas.

— Alors, partage à manger avec elle. Vous venez toutes les deux du même clan. Tu peux bien simuler une conversation amicale pour le bien de tous.

Elle le regarda.

— Ça ne marchera pas.

— Pourquoi ?

— Parce que je ne suis pas quelqu'un d'amical.

Contrairement au reste du clan, elle évitait les rassemblements autant que possible. Elle ne faisait pas l'effort de fréquenter des gens.

— Ne sois pas idiote, mon ourse en sucre. Tu as une personnalité merveilleuse.

— Je ne pensais pas que tu étais un menteur.

Il éclata de rire, un son retentissant et bien trop bruyant pour son van. Pourtant, bizarrement ça lui plut.

— Tu as un très bon sens de l'humour.
— Ça s'appelle du sarcasme.
— Et certains d'entre nous l'apprécient.

Il leva le menton de Hollie du bout des doigts et la regarda. Les lèvres d'Andrei s'étirèrent subtilement.

— Tu es spéciale, mon ourse en sucre.

Son compliment la réchauffa. Mais cela ne dura pas longtemps alors qu'Andrei ouvrait la portière de son côté et le van grinça quand il en sortit.

— C'est une très mauvaise idée, grommela-t-elle.
— Seulement si ça ne fonctionne pas. J'y vais en premier. Attends quelques minutes avant de me suivre.

Elle s'appuya contre son véhicule alors qu'il remontait la rue, marchant d'un pas nonchalant et insouciant. Un homme grand et robuste, qui n'avait peur de rien et lui faisait ressentir de drôles de choses.

Et pas simplement du désir.

Il percevait quelque chose en elle. Tout comme elle commençait à réaliser qu'il était plus qu'un simple ours effronté. Il était gentil. Attentionné. Séduisant.

Il agissait probablement ainsi avec toutes les femmes. Elle n'avait rien de spécial.

Pourtant, elle était tentée de céder. Pour voir comment ce serait, même pour un court instant, de se laisser emporter par cette passion sauvage qu'il lui promettait.

De ne pas être la Hollie stable et toujours prête.

Les minutes passaient et Andrei ne ressortait toujours pas. Pas plus que Peter ou son ombre.

Prenant une grande inspiration, elle se dirigea vers le bar. Elle entra dans l'établissement humain et fut immédiatement assaillie par l'odeur de la bière – ancienne et nouvelle – de la friture et des gens.

Il y avait beaucoup de monde à cette heure-ci et elle jeta des coups d'œil à droite et à gauche. Elle ne vit pas de table libre, mais repéra quelqu'un qu'elle connaissait.

Son regard s'arrêta sur l'ombre de Peter et elle sourit en s'approchant.

— Salut, qu'est-ce que tu fais dans le coin ?

La femme tourna la tête vers elle et fronça les sourcils.

— Hum, je mange. Et toi ?

— Pareil. Je viens de terminer une mission de plomberie en bas de la rue, expliqua-t-elle en s'asseyant. Je ne crois pas qu'on se soit déjà rencontrées. Je m'appelle Hollie.

— Moi c'est Nora.

Et tout naturellement, elle fit semblant d'être sociable.

Ce n'était pas aussi dur que ce à quoi elle s'attendait. Elle ne pouvait qu'espérer qu'Andrei soit aussi chanceux qu'elle.

CHAPITRE SEPT

Lucky Worm[1]. C'était l'étiquette sur la bouteille de tequila, presque vide désormais, qui se trouvait devant lui et son nouvel ami Peter.

— Tu n'as jamais quitté le pays ? lui demanda Andrei.

Il avait sournoisement posé des questions au cours de leur conversation, essayant d'amener Peter à se confier.

Comme ce dernier n'était pas très bavard, l'éviscération pour ensuite lui montrer ses intestins commençait à devenir alléchante. Andrei n'avançait pas.

— J'ai voyagé par-ci, par-là à travers les États-Unis, mais je n'ai jamais eu le temps ni l'envie d'aller ailleurs.

S'il hurlait : « *menteur !* » il risquait de se faire percer à jour en révélant qu'il en savait plus qu'il n'aurait dû sur Peter et que cette rencontre n'avait rien de fortuit.

Peter l'avait-il déjà deviné ?

Il semblait sincère. Appréciable. Crédible. Mais Andrei connaissait la vérité. L'humain mentait comme un pro.

— T'aimes bien les antiquités ? demanda brutalement Andrei.

— Nan. Je préfère quand mes affaires sont neuves.

Peter fronça le nez en leur servant un autre verre. Sans sel. Ni citron. Ça avait le goût de la pisse chaude et bizarrement, ce n'était pas la pire boisson qu'Andrei ait déjà bue. La liqueur d'Oncle Yogi, ça, c'était dégueulasse.

— J'aime bien les vieilles choses. J'en collectionne quelques-unes aussi. J'ai une Barracuda[2] de 1967. Un bureau de collection avec un tiroir casse-tête que je n'arrive pas à comprendre. Il faut une clé pour l'ouvrir, je crois, mais je l'ai perdue depuis bien longtemps. Et ma mère ne veut pas que j'y donne un coup de hache.

— Embauche un serrurier. Ils peuvent la crocheter et fabriquer une autre clé si tu décides de la garder. Je te sers ?

Peter poussa le verre vers lui et Andrei eut envie de soupirer. Il l'attrapa et se tourna à moitié pour s'appuyer contre le bar, son regard s'arrêtant sur Hollie qui était de dos.

Il ne pouvait s'empêcher de la surveiller. Il avala le shot de pisse. Berk. Ce dernier resta dans son estomac. Note à lui-même : la prochaine fois, achète une bouteille de Schnapps. Avec ça, il ne se saoulerait pas aussi vite et n'aurait pas un arrière-goût bizarre dans la bouche à chaque renvoi.

Et l'alcool allait bientôt sortir de son estomac. Mieux valait que ça arrive maintenant et que ça ne sorte que d'un côté, plutôt que demain, en brûlant par l'autre. Même son côté métamorphe n'avait pas envie de devoir évacuer cette merde.

— Je reviens. Faut que j'ouvre les vannes.

Il retourna à sa place et vit que son verre était à nouveau rempli et que Peter observait la foule dans le bar, le regard rivé sur la table d'Hollie et de la femme.

— T'es marié ? demanda Peter alors qu'Andrei se rasseyait sur le tabouret à côté de lui.

— Non.

— J'ai failli me marier une fois. Je me suis échappé juste à temps.

— Ça ne me dérangerait pas de me poser.

Il se demanda ce qui avait pu faire rire Hollie alors que son corps était pris de tremblements. Il aurait pu jurer l'avoir entendue.

— Je suis un vagabond.

— Pourtant tu m'as dit que tu n'avais jamais quitté le pays.

Aha, son plan pour saouler l'humain fonctionnait. Il souleva son verre en premier.

— Tu devrais venir en Russie.

— C'est de là que tu viens ?

— *Da*. Je suis né et j'ai grandi là-bas.

— Et pourquoi es-tu ici ?

— Je me suis marié par correspondance. Enfin, je suis son petit ami. J'ai rencontré une fille en ligne. Je suis venu ici pour passer du temps avec elle.

Peter l'observa et ricana.

— Ben voyons.

— Tu crois que je ne suis pas assez beau pour avoir été choisi ?

Il but son verre et s'en servit un autre.

— Je pense que c'est très peu probable.

— Tu as raison. J'ai menti. En fait, je suis un espion soviétique, à la recherche d'un homme qui a des informations sur un trésor caché.

— Un espion, dans un bar, qui se saoule avec moi ? Tu peux faire mieux.

— Un programmateur informatique russe qui est venu pirater vos élections.

— Ah ! C'est la version la plus marrante pour le moment. Je te ressers un verre ?

Peter s'en servit un mais tourna la tête avant de le boire, jetant un coup d'œil en direction des deux femmes.

Andrei donna un coup de coude à son nouvel ami.

— Tu devrais aller leur dire bonjour.

— Elles ont l'air occupées. Et celle avec la chemise noire a l'air d'être du genre à me botter facilement le cul.

Attendez, la chemise d'Hollie n'était pas noire.

— Elle est jolie.

— Tu devrais peut-être m'accompagner et t'occuper d'elle pendant que je vais parler à l'autre.

— Non, tu ne peux pas.

— Pourquoi ? Tu la connais ?

— Non, dit Andrei d'un ton trop sec avant d'ajouter. Mais j'aimerais bien. Donc, tu ne peux pas.

— T'en veux un autre ?

Peter se tourna vers le bar pour le resservir pendant qu'Andrei gardait un œil sur Hollie.

L'idée qu'un autre homme flirte avec elle ne lui plaisait pas beaucoup. Andrei prit le verre qu'il lui tendait et l'avala.

Grimaça. Cligna des yeux. Cette pisse commençait à l'affecter. Il allait peut-être devoir retourner aux toilettes.

— Qu'est-ce que tu fais dans la vie ? lui demanda Peter.

— Je livre des produits alimentaires, expliqua-t-il simplement.

Peter eut un rire moqueur.

— Tu vises haut dans la vie, mon grand.

L'humain avait mal compris, mais Andrei se fichait de le corriger.

— Et toi, tu bosses dans quoi ?

— Un peu tout. Je suis plutôt un entrepreneur, disons. On en prend un autre ?

Il n'y avait aucun moyen de dire non sans passer pour une mauviette. Alors ils burent jusqu'à ce qu'Andrei remarque qu'il avait du mal à se concentrer.

Heureusement qu'il s'appuyait sur le bar car son équilibre lui parut affecté.

Les verres à shooters alignés devant lui vacillaient et se séparaient en deux alors que son nouvel ami Peter lui disait :

— À quoi portons-nous un toast maintenant ?

— Aux femmes, dit Andrei d'une voix traînante.

Même si une seule femme en particulier occupait ses pensées.

Lui et Peter trinquèrent et burent cul sec. Pour un humain, Peter s'en sortait plutôt bien. Mieux qu'Andrei.

L'interrogatoire ne se passait pas si bien que prévu. Peu importe les efforts d'Andrei, Peter continuait de lui mentir. Il mentit en disant n'être jamais allé en Russie. Affirma être fils unique.

Alors ils burent un peu plus. Et Peter ne céda pas.

Peut-être qu'une visite dans la ruelle voisine s'imposait.

Si Andrei parvenait à tenir debout.

Il faillit tomber à la renverse lorsque Peter lui donna une tape dans le dos en disant :

— C'était sympa, mais il faut que j'aille me coucher. Je me lève tôt demain.

— Salut, mon pote.

Il pivota pour regarder Peter quitter la taverne sans même trébucher, son ombre le suivant immédiatement. Quelques instants plus tard, Hollie le rejoignit au bar.

— Alors ? siffla-t-elle. Qu'est-ce que tu as découvert ?

— Tu es magnifique.

La quantité de tequila dans son organisme fit ressortir son accent qu'il parvenait habituellement à contrôler.

— Tu es ivre.

— Mais pas aveugle, rétorqua-t-il.

— Sortons d'ici. Je crois que tu as besoin de prendre l'air.

— Je ne suis pas saoul, bredouilla-t-il en essayant de se mettre debout alors que la pièce tournait.

De toute évidence, un astéroïde avait heurté la Terre et l'avait fait basculer. Il garda l'équilibre, mais Hollie s'inquiétait visiblement qu'il tombe car elle se colla contre lui et enroula le bras autour de sa taille.

Ils atteignirent la sortie et durent se séparer pour passer par la porte.

Dehors, le trottoir oscillait comme s'ils étaient sur un bateau.

— On navigue ? demanda-t-il.

— Nan. Viens, le van est au bout de la rue.

Il avança d'un pas et tout tourna à nouveau autour de lui.

— Wow.

Il agita les bras pour garder l'équilibre.

— Sérieusement ? marmonna-t-elle en se calant à nouveau sous son bras, visiblement perturbée, elle aussi, par l'étrange balancement de la Terre.

Car un grand ours fort n'avait pas besoin d'aide pour marcher.

Regardez. Il était tout à fait capable de se déplacer seul. Un pied devant l'... OK, il marchait peut-être de travers, mais au moins il avançait.

Oups. Qui avait mis ce poteau devant lui ? Elle le tira d'un coup sec et ils continuèrent d'avancer malgré le sol qui se balançait.

— Tu as découvert quelque chose ou pas ? demanda-t-elle.

— J'ai découvert que l'alcool américain est plus fort que ce que je croyais.

— Parce que tu as trop bu, imbécile.

— C'est de sa faute ! protesta-t-il bruyamment. Il n'arrêtait pas de me servir des shots.

— Et toi tu n'arrêtais pas de les boire.

— Je ne voulais pas être grossier.

— Il ne t'a rien dit sur la clé ?

— Non. Il s'est comporté comme s'il n'était qu'un simple humain qui sortait boire un verre. Il a même menti en affirmant n'avoir jamais quitté le pays, dit-il en grognant.

— Il a peut-être oublié. Les tantes ont dit qu'il avait disparu pendant six mois et était revenu sans se souvenir de rien.

— Pratique, déclara Andrei.

— Très. Cependant, s'il ne se souvient de rien, ça veut dire que nous sommes dans une autre impasse.

— Je n'abandonnerai pas ! lança-t-il.

— Regarde où tu marches, on y est presque.

Jetant un coup d'œil à la rue, il vit deux vans identiques garés non loin. Avait-elle ouvert une franchise pendant qu'il interrogeait Peter ?

Alors qu'ils s'approchaient, elle lui dit :

— Où veux-tu aller ?

— Au lit.

— Évidemment. Mais où ?

— Avec toi.

— Mon lit est foutu, tu te souviens ? Et c'est un peu tard pour aller toquer chez quelqu'un, soupira-t-elle. J'imagine qu'on aurait dû y penser avant que tu ne te saoules.

— Je ne suis pas ivre. Seulement pompette.

Le trottoir était bien plus haut que prévu et il trébucha, arrêté par le pare-chocs de sa camionnette.

Il s'assit dessus et tout le véhicule gémit.

— On pourrait peut-être aller à l'hôtel.

— Oui.

Les motels avaient des lits et il en avait besoin. Il avait du mal à garder les yeux ouverts ce qui était inquiétant. Il n'avait jamais été aussi bourré auparavant, pourtant il avait déjà bu plus. Il savait pertinemment que l'alcool américain n'était pas aussi fort que ce qu'on servait dans son pays natal. Alors pourquoi avait-il autant la tête qui tourne ?

Alors qu'elle ouvrait l'arrière du van et lui demandait de monter, il essaya de se concentrer. Il y avait un problème. Un gros problème. L'arrière du véhicule était encombré mais il se trouva une place et s'effondra.

Il l'entendit vaguement s'installer sur le siège conducteur et marmonner qu'il ne savait pas tenir l'alcool.

Encore une fois, quelque chose clochait. Il sentit son estomac se retourner.

Oh, oh. Il fit quelque chose de peu viril et trouva un seau.

La violente projection qui s'ensuivit entraîna l'arrêt de la camionnette, ce qui n'arrangea pas ses étourdissements.

Elle se mit à le réprimander.

— Putain de merde, vomis dehors ! Je t'interdis de vomir sur mes outils. C'est quoi ce...

Elle ne termina pas sa phrase.

— Quelqu'un vient de se garer derrière nous. Je crois qu'ils viennent vérifier que tout va bien. Vaut mieux que j'aille m'en occuper.

Elle sortit du van et malgré son tournis et son ventre qui gargouillait, Andrei se releva.

Danger.

Danger.

Il eut l'impression d'être Will Robinson[3] à force de répéter le mot en boucle.

Il entendit le murmure de la voix de son ourse en sucre alors qu'elle parlait à quelqu'un. Celle-ci devint alors plus aiguë, comme si elle s'agaçait. Puis quelque chose heurta le van avec un bruit sourd.

Quelqu'un avait-il osé frapper son ourse en sucre ? Grrr !

Il ne réfléchit pas et agit simplement en se précipitant hors du van sur ses quatre pattes.

Sa vision trouble distingua deux hommes, ou bien trois, qui faisaient face à Hollie. Ils tressaillirent devant sa splendeur, et partirent en hurlant alors qu'il grognait et les chargeait.

Ç'aurait pu être plus impressionnant s'il ne s'était pas emmêlé les pattes comme un ivrogne avant d'atterrir sur le museau.

Les humains s'enfuirent et son ourse en sucre s'accroupit à côté de lui en soupirant.

— Espèce de gros imbécile. Allons te mettre à l'abri.

Obéissant à sa douce voix, il remonta dans le van. Quelques minutes plus tard, il se retrouva dans un lit.

Rêvant de miel. Léchant et lapant, heureux comme jamais.

Ignorant le bourdonnement et vrombissement des abeilles qui venaient le heurter. Le piquer. Tourbillonnant pour prendre une certaine forme.

Une forme spécifique.

Une configuration familière.

Pourquoi était-ce familier ?

Cela le frappa de plein fouet et il se redressa dans son lit en criant :

— Je sais où je l'ai vu !

CHAPITRE HUIT

Le cri fit bondir Hollie dans son lit, brandissant une clé à molette, prête à se battre, pour finalement réaliser que son ours géant s'était réveillé sous la forme d'un homme nu aux cheveux hérissés, les yeux écarquillés.

— Alors, qui fait des cauchemars maintenant ? grommela-t-elle, en se laissant retomber sur son oreiller qui sentait fortement l'eau de Javel.

— Je n'ai pas fait de cauchemars, j'ai eu une vision. Je sais où j'ai vu ce symbole sur la clé.

— Lequel ? demanda-t-elle, réalisant que le sommeil n'était pas envisageable.

Elle se redressa et s'appuya contre la tête de lit.

— Je vais te montrer. Où est la clé ?

— Cachée.

Et elle ne dévoilerait sa position à personne.

— Montre-moi la photo alors.

Elle roula sur le côté et tapota sur son téléphone, le déverrouillant pour accéder à ses photos avant de le lui tendre. Au lieu de l'attraper, il se leva, bien trop près avec ses parties intimes nues qui pendaient, et grogna de satisfaction.

— Oui, voilà, dit-il en lui montrant le téléphone. Tu vois cette ligne ici et ici ? expliqua-t-il en tapotant sur l'écran.

Elle bâilla.

— Oui. Eh bien ?

— Je l'ai déjà vue. Dans un livre que j'avais étant enfant.

Il avait désormais toute son attention.

— Quel était le nom du livre ?

Il fronça les sourcils.

— Je ne sais pas. C'était ma nounou qui me le lisait.

— Alors, appelle-la et demande-lui le titre du livre.

— Je ne peux pas. Ça fait longtemps qu'elle est partie et je ne sais pas où. Je me souviens que ma mère râlait sur ses tarifs. Elle était très efficace, faisant office de nounou et de tutrice jusqu'à ce que nous ayons l'âge d'aller à l'école.

— Peu importe la durée. On a juste besoin de son nom.

— Nounou.

— Son vrai nom.

Il haussa les épaules.

— J'étais jeune. Je l'appelais Nounou.

— Plutôt inutile comme info. Tu te souviens de l'histoire ? Je peux peut-être la retrouver en ligne.

Il fronça à nouveau les sourcils en s'asseyant sur le bord du lit.

— C'était il y a longtemps. C'était en rapport avec une quête. Petit, je trouvais ça ennuyeux parce qu'il n'y avait pas assez de violence et de scènes de guerre. Mais ma sœur – il s'arrêta – elle adorait cette histoire.

Enfin un véritable indice.

— Il faut que l'on retrouve cette nounou.

— Elle pourrait être n'importe où.

— Et alors ? Peu importe où elle est, il faut qu'on lui rende visite. Nous avons simplement besoin de son nom et de quelques infos basiques pour la localiser.

— Je t'ai dit, je ne connais pas son nom.

— Demande à ta mère. Elle s'en souvient probablement.

Il secoua vigoureusement la tête.

— Non. On ne peut pas l'appeler.

— Pourquoi ?

— Elle n'est pas contente que j'aie quitté la Russie.

— Mais tu l'as fait pour une bonne raison.

— On ne peut pas l'appeler, dit-il assez fermement.

— Alors comment vas-tu faire pour obtenir des informations sur ta nounou ?

Il pinça les lèvres.

— Ce que tu me demandes est impossible. On trouvera un autre moyen. Peut-être que je rêverai de son nom.

Andrei était-il si effrayé d'appeler sa mère ?

Et si Hollie le soudoyait ?

— Si tu appelles ta mère, je t'embrasse.

— Sérieux ?

Son visage s'illumina avant de s'assombrir à nouveau.

— Même si je suis très tenté, je ne peux pas.

— Un long baiser. Avec la langue.

— Argh. Pourquoi tu me tortures mon ourse en sucre ?

Il fit les cent pas entre l'espace étroit qui séparait les deux grands lits. La tourmentant avec toute cette chair nue.

— Prends une douche et réfléchis-y.

— J'ai besoin de manger, dit-il en passant la main dans ses cheveux.

— Pour ça, il te faut des vêtements.

Heureusement, elle avait réussi à récupérer certains de ses habits chez elle, même s'ils étaient déchirés. Et ceux d'Andrei n'étaient jamais sortis du sac du magasin.

Elle pointa du doigt la pile de vêtements sur la table, près de la fenêtre.

— Pourquoi suis-je nu ? demanda-t-il comme s'il s'en rendait compte pour la première fois. Et comment sommes-nous arrivés jusqu'ici ?

— Tu t'es saoulé avec Peter la nuit dernière.

— Impossible.

— Dit le gars qui était à moitié inconscient dans

mon van avant de vomir et de se transformer en ours déchaîné.

— Je me suis métamorphosé ? dit-il en haussant les sourcils, assez haut pour qu'ils quittent presque son front.

— Ouaip. J'espère juste que personne n'a filmé ton cul poilu.

— Ça n'aurait pas dû arriver.

Il paraissait presque embarrassé.

— Tu étais complètement ivre.

— Ce qui ne fait aucun sens. Je bois depuis que je suis comme ça, dit-il en tendant la main vers le sol, indiquant une taille qui correspondait à un jeune âge. J'ai été sevré à la vodka. J'ai connu des beuveries qui ont duré des jours et je n'ai jamais perdu connaissance.

Elle fronça les sourcils. Elle aussi avait trouvé cela bizarre qu'il soit si saoul si rapidement.

— Tu crois que tu as été drogué ? Mais comment ? Et par qui ?

— Peter, grommela-t-il.

Forcément, ce qui voulait dire que ce dernier s'était rendu compte qu'Andrei l'interrogeait.

— Je crois qu'il faut qu'on ait une autre discussion avec ce type.

— Oui, dit Andrei en tapant du poing dans sa paume. Après le petit-déjeuner.

— Et une douche, ajouta-t-elle en fronçant le nez.

— Est-ce qu'on en prend une ensemble pour faire des économies d'eau ? demanda-t-il avec espoir.

— Je doute que l'on rentre à deux, répondit-elle.

Elle réalisa bien trop tard que ce n'était pas un « non » ferme en voyant son grand sourire.

— On pourrait essayer.

Elle secoua la tête.

— N'y pense même pas, haleine de vomi.

Son rappel lui valut une grimace avant qu'il ne marche d'un pas lourd vers la salle de bain. Heureusement d'ailleurs, parce qu'un Andrei aussi nu faisait des ravages sur ses sens. Elle était à moitié tentée de le rejoindre et de lui savonner le dos. Puis le torse. Et qui sait où ça les mènerait ensuite...

Elle observa le lit défait.

Non, il ne fallait pas, même si elle avait le sentiment que ce n'était qu'une question de temps avant que cela n'arrive.

Pendant qu'il se douchait, elle donna des nouvelles à Tante Lacey. Elle leur avait envoyé leur adresse la veille, tout en sachant qu'elles s'inquièteraient si elle ne le faisait pas. Même si elles ne la couvaient pas autant que leur neveu/fils Lawrence, elle avait reçu plus d'une visite de ses tantes bien intentionnées.

Tante Lacey lui répondit :

— Hollie, comment s'est passée votre soirée ?

— Bien.

— Seulement bien avec ce beau gosse ? la taquina Lacey.

— Avant que tu ne t'emballes, sache qu'il ne s'est rien passé. Il est possible qu'Andrei ait été drogué.

— Quoi ? Par qui ? Quand ? Comment ?

— Peter.

— T'as intérêt à me raconter ce qui s'est passé.

Hollie lui expliqua rapidement et Lacey se tut.

— Je commence à me dire que nous allons devoir désobéir à Lawrence et interroger ce garçon. Il nous ment.

— Clairement.

— Je transmets ce que tu m'as dit à Lena. Elle saura quoi faire.

— Tu devrais peut-être demander à quelqu'un d'autre de récupérer la clé également. Jusqu'à présent je n'ai pas fait du très bon boulot avec.

C'était décevant. Pour une femme qui n'avait jamais voulu mener cette quête à la base, elle se sentait désormais découragée par son échec.

— Tu croyais que ce serait facile ?

— Non, mais le seul indice que nous avons obtenu concerne l'ancienne nounou d'Andrei.

Et qui finalement nécessitait plus d'explications.

— Hollie, comment peux-tu dire que tu n'as pas fait du bon travail alors que tu es la première à percer le mystère ?

— Ah bon ?

— Il faut que tu te renseignes sur cette histoire de livre pendant qu'on s'occupe de Peter et ceux qui sont entrés chez toi par effraction.

— Mais mon travail...

— Sera toujours là quand tu en auras terminé. On a besoin que tu t'occupes de tout ça, Hollie.

— Pourquoi moi ? Pourquoi pas une des Pires Connasses ?

D'habitude, c'était elles qui s'occupaient des affaires du Clan.

— Parce que nous savons que tu garderas la tête sur les épaules. Sans oublier que tu sembles être la seule capable de travailler avec Andrei sans essayer de le transformer en tapis.

Elle cligna des yeux.

— Tu veux dire que je ne suis pas la seule avec qui vous l'avez mis en binôme ?

— Personne n'a réussi à tenir plus d'une heure.

— Parce qu'il est fou.

— C'est un ours.

Comme si c'était la seule explication nécessaire. Hollie soupira.

— Tu m'en dois une belle.

— Est-ce que ça aide si je te dis que j'envisage de rénover ta salle de bain ?

— Seulement si tu ne t'attends pas à un prix d'ami.

— Ça, c'est ma Hollie ! répondit Lacey avec affection. Amuse-toi bien.

S'amuser ? Elle raccrocha et jeta un coup d'œil en direction de la porte de la salle de bain. Elle avait envie de rire face à l'absurdité de cette déclaration. Et pourtant, effectivement, elle s'amusait.

Notamment lorsqu'Andrei sortit seulement vêtu

d'une petite serviette qu'il tenait au niveau des hanches pour la maintenir en place.

Son torse nu luisait d'humidité.

Elle eut soudain très soif. Elle leva les yeux et vit qu'il l'observait. Il prit un air ténébreux et elle sut qu'il suffirait d'une simple invitation de sa part pour qu'il l'embrasse.

Elle se lécha les lèvres. Il fit un pas vers elle.

Pour une fois, elle regretta de ne pas être aussi audacieuse que ses cousines et tantes. De ne pas oser se jeter sur lui et l'embrasser. Parce qu'elle en avait envie.

— Qu'est-ce qui ne va pas, mon ourse en sucre ?

— Rien.

— Pourtant tu fais une drôle de tête. Tu parais confuse.

— C'est vrai.

— Je comprends. Ça ne doit pas être facile d'être si attirée par moi. Après tout, je suis une belle prise, comme vous diriez, vous les Américains. Et pourtant, nous sommes les opposés. Nous ne vivons même pas dans le même pays. Comment cela pourrait-il fonctionner ? Est-ce qu'on resterait ici ? Ou en Russie ? On viendrait chacun notre tour ?

Plus il parlait, plus elle le regardait sans cligner des yeux.

— Quoi ?

Il s'était suffisamment rapproché pour pouvoir tendre la main et saisir son menton.

— Arrête de lutter contre ton attirance pour moi. C'est quelque chose de naturel.

— En parlant de choses qui viennent rapidement.

Elle le frappa assez fort pour qu'il tousse. Alors qu'il se pliait légèrement en deux, elle sourit.

— Merci de me rappeler que tu es vaniteux.

— Est-ce vraiment de la vanité si c'est la vérité ?

Elle resta bouche bée. Cet homme était terriblement provocateur. Mais drôle.

Les lèvres d'Andrei s'étirèrent et elle ne put s'empêcher de sourire en retour.

— Tu me prends pour une idiote en fait.

— J'aimerais bien te prendre tout court. Sauf qu'on n'a pas le temps. Les gens qui cherchent la clé vont nous localiser. On ferait mieux de partir avant qu'ils n'arrivent.

Le temps qu'ils se lavent tous les deux et soient prêts à partir, l'estomac de Hollie se mit à gronder. Elle s'était habituée aux énormes quantités de nourriture qu'engloutissait Andrei et fut donc choquée lorsqu'il ne s'en tint qu'à un petit-déjeuner fermier.

— Tu ne dois vraiment pas te sentir bien. Tu as toujours la gueule de bois ?

Il grogna.

La vraie raison de son malaise fut évidente lorsqu'après le petit déjeuner, il la regarda d'un air peiné en disant :

— Il faut que j'appelle ma mère.

— Ce ne sera pas si horrible que ça.

— Ce sera pire, prédit-il d'un ton sinistre.

Son expression morose la poussa à se mettre sur la pointe des pieds pour effleurer rapidement ses lèvres des siennes.

Assez vite pour qu'il n'ait pas le temps de faire plus que de prendre une grande inspiration.

— Sois un gentil ours et appelle-la. Et si tu obtiens le nom de ta nounou, tu auras droit à un autre baiser.

— Et si j'obtiens son adresse, j'ai le droit à quoi ?

Elle lui fit un clin d'œil.

Un.

Clin.

D'œil.

Mais qu'est-ce qui n'allait pas chez elle pour qu'elle ajoute :

— Si tu es un gentil ours, tu auras une récompense.

Depuis quand flirtait-elle en promettant des faveurs sexuelles ?

Depuis qu'elle avait rencontré un homme qui la rendait folle et lui faisait mouiller sa culotte.

Il aurait dû être tout ce qu'elle détestait. Pourtant, elle ne pouvait nier son attirance pour lui.

S'il vous plaît, faites qu'il n'y ait rien d'autre.

Accouplé à un ours ? Non, jamais. Surtout pas avec un ours aussi sauvage qu'Andrei. Il ne pourrait jamais être apprivoisé.

— Je vais devoir emprunter ton téléphone, dit-il.

— Tu n'en as pas un ?

— Non. Trop facile à traquer, répondit-il d'un air sinistre.

Elle le lui tendit, avec un long soupir agacé. Il composa le numéro, puis fit les cent pas sur le parking, le téléphone collé à son oreille.

Quelqu'un dut probablement répondre puisqu'il dit :

— Bonjour.

Le reste fut en Russe – du moins c'était ce qu'elle supposait. Elle ne comprit pas un seul mot, mais elle observa son visage. L'air désolé. Il leva les yeux au ciel. Puis il parut nerveux. Suivi d'un cri colérique et choqué :

— Non. Putain, non !

Il écarta le téléphone de son oreille et l'observa comme s'il était diabolique.

— Qu'est-ce qui ne va pas ? T'as eu l'info ?

— Oui.

— Mais ?

— Ma mère est inquiète.

— Et ?

— Ma mère est ce qu'on peut appeler surprotectrice.

Le téléphone dans sa main sonna. Avec insistance. Mais au lieu de décrocher, il le jeta par terre et l'écrasa.

— Mec ! hurla-t-elle. C'est quoi ce délire ? Tu viens d'écraser mon téléphone.

— Je n'avais pas le choix. Il fallait que je brise le lien. Nous devons partir.

— Nous ne savons même pas où...

— On trouvera sur le chemin de l'aéroport. Si on agit vite, on devrait avoir quelques heures d'avance.

— Sur qui ? Tu crois que quelqu'un écoutait notre conversation ?

— Pire, gémit-il. Ma mère arrive.

CHAPITRE NEUF

Ça sentait mauvais. Tellement mauvais. Andrei le sentait jusque dans ses os. Les poils de son dos étaient probablement devenus blancs. Et il ne pouvait s'en prendre qu'à lui-même.

N'importe quel imbécile aurait pu deviner qu'en appelant sa mère ça se terminerait forcément mal. Sa pauvre ourse en sucre n'avait aucune idée des problèmes que ce coup de téléphone avait déclenchés. Ni de la bête qu'il venait de relâcher.

— *Où es-tu ?! aboya sa mère dès qu'elle décrocha.*

L'instinct lui permettait de savoir qui était au bout du fil, même si elle n'avait encore jamais vu ce numéro de téléphone auparavant.

— *Salut, Maman, dit-il doucement en russe en ajoutant : Tu me manques. Je t'aime. Comment ça se passe avec la meute ?*

Le meilleur plan d'action à ce stade était d'avoir l'air penaud et aimant.

— *Où es-tu ?* répéta-t-elle.

Ce n'était pas bon signe.

— *Aux États-Unis. Pour le travail, comme tu le sais bien.*

Les cris qu'elle avait poussés avant son départ où elle s'opposait à sa décision résonnaient encore dans ses oreilles.

— *Où. Es-Tu ?*

Une répétition sinistre qui le poussa à gratter le sol avec sa chaussure.

— *Je vais bien. Tu n'as pas à t'inquiéter.*

— *Où es-tu ?!* hurla Maman *qui commençait à perdre son sang-froid.*

Il regarda le ciel. Si bleu et joli. Le soleil faisait de son mieux pour chasser la fraîcheur de la nuit. Qu'est-ce qu'il ne donnerait pas pour s'allonger nu sous un rayon de chaleur plutôt que d'avoir cette conversation.

— *Je ne te le dirai pas,* dit-il finalement.

Il savait qu'il n'aurait pas dû. Il aurait pu réciter par cœur la diatribe qui suivit. Elle n'avait pas beaucoup changé.

— *Tu mens à ta mère ? La femme qui t'a mis au monde ? Qui t'a aimé ? Qui t'a élevé quand ton vaurien de père est parti ?*

Son père était parti car sa mère était difficile à supporter. Il fallait être un homme fort, comme Andrei, pour l'aimer.

Lada, en revanche, n'avait jamais réussi à trouver un terrain d'entente avec elle. Contrairement à Andrei, elle n'avait jamais cédé aux exigences de sa mère. Peut-être que la tranquillité de la maison quand elle était partie était la raison pour laquelle Maman était moins sévère.

Sa mère continua :

— J'ai fait tes devoirs avec toi tous les soirs.

— Et tu as cuisiné, nettoyé, tu t'occupais de la maison, allais travailler, tu guérissais les gens du cancer. Oups, non attends, ça c'est la seule chose que tu n'as pas faite.

Il ne pouvait pas s'empêcher de jouer avec le feu.

Maman riposta en changeant de tactique.

— Qui t'a amené à l'hôpital quand tu as cru que c'était une bonne idée de sauter de cette falaise ?

— Comment aurais-je pu savoir que l'eau s'était évaporée à ce point ?

— Qui t'a soigné quand tu as eu cette grosse fièvre ?

— Personne ne m'avait prévenu que le miel pouvait être périmé.

— Tu ne réfléchis pas. C'est pour ça que tu as besoin de moi.

Sa mère lui avait torché les fesses et géré sa vie pendant plus de trois décennies. Heureusement, sinon il aurait eu de sacrés ennuis.

Andrei avait besoin d'une main ferme pour le guider. Mais ça ne devait peut-être pas forcément être celle de sa mère.

Il observa rapidement Hollie. Celle-ci jetait un regard noir vers le ciel, comme si elle était offensée qu'il ose faire beau dehors. Mais lorsqu'elle le regarda lui, ses lèvres tressautèrent. Elle haussa les sourcils et demanda silencieusement :

— Des problèmes avec ta maman ?

Elle n'imaginait même pas.

Sa mère continua de le sermonner.

— Tu me manques de respect. Est-ce que c'est à cause de ton amie américaine ? dit-elle en insistant sur le dernier mot. C'est eux qui t'apprennent à manquer de respect à la seule personne dans ta vie qui ne te laissera jamais tomber ? Qui s'est sacrifiée ? Qui...

— M'aime. Je sais. Écoute, avant que tu ne commences à lister dans l'ordre alphabétique toutes les raisons pour lesquelles je te suis redevable, j'ai une question pour toi. Tu te souviens de la dame qui s'occupait de moi quand j'étais enfant ?

— Pourquoi tu me demandes ça ?

— Parce que, maintenant que tu as presque soixante ans, tous les spécialistes me recommandent de tester tes capacités cognitives.

— Je rêve ou tu viens de me traiter de vieille ? lâcha-t-elle d'un air choqué.

— Est-ce que tu esquives ma question parce que tu ne t'en rappelles pas ? rétorqua-t-il.

— Elle s'appelait Mila.

— Mila quoi ? Prouve-moi que tu n'es pas sénile.

— Mila Miskouri, espèce de petite merde. T'es content maintenant ?

— Tu sais où elle habite ?

La dernière question inversa le rapport de force. Il en avait trop dit.

Sa mère prit une voix plus sinistre.

— Pourquoi est-ce que tu me poses des questions sur ton ancienne nounou ? Pourquoi cet intérêt soudain ?

— Comme ça.

Mauvaise réponse, car sa mère savait toujours quand il mentait.

— Qu'est-ce qui se passe ? Mieux encore, ramène tes fesses à la maison !

— Détends-toi et bois ton chocolat chaud.

— Je suis bien trop anxieuse pour du chocolat.

— Depuis quand l'anxiété t'empêche-t-elle d'en manger ?

Sa mère adorait tremper des carrés de chocolat dans son énorme chope de chocolat chaud recouvert de crème fouettée et de marshmallows.

— Je n'arrive pas à dormir ni à manger, je suis très inquiète pour toi.

— Si tu es si malade que ça, tu ferais mieux d'aller chez le médecin.

— Pourquoi me donner cette peine alors que je sais qu'il me dira que j'ai le cœur brisé. Il ne me reste probablement pas longtemps à vivre, dit-elle en toussant d'un air pathétique.

Il avait l'habitude de ce petit jeu avec sa mère.

D'abord, elle lui demandait de cracher le morceau, ensuite elle listait toutes les raisons pour lesquelles il lui était redevable, suivie d'une crise de colère. Désormais, ils étaient dans la phase où elle insistait sur le fait qu'elle allait mourir et qu'il ne l'aimait pas.

— Tu préfères être incinérée ou enterrée ?

Pour certaines familles, ça allait peut-être un peu trop loin, mais dans la sienne, où tout était toujours dramatique, c'était une réponse plutôt prévisible.

— Ah, c'est comme si tu m'avais planté une dague dans le cœur !

Avant qu'elle ne reparte dans une longue tirade, il retourna la situation contre elle.

— Si je te manquais tant que ça, tu serais déjà aux États-Unis, en train de me chercher et d'interrompre ce que je suis en train de faire.

Sa mère avait un certain talent pour débarquer durant ses moments d'intimité avec une partenaire en tenant une boîte de préservatifs dans les mains. Il appréciait l'attention – il préférait les préservatifs aux couches – mais ses partenaires ne réagissaient pas toujours bien.

— J'ai envie de venir pour te chercher. Mais tu sais que je suis très occupée en ce moment. Je ne peux pas tout laisser tomber et courir pour venir te sortir du pétrin.

— J'aurais pu être mort dans un fossé.

Ouais, il exagérait un peu.

Tout comme sa mère.

— Alors je t'aurais vengé.

Il éclata de rire.

— Content de l'apprendre.

— Bon, comment se passe le fait de te prosterner pour compenser ce qu'a fait ta sœur ?

Sa mère savait très bien qu'il était venu aux États-Unis pour se réconcilier avec le Clan, vu les agissements de Lada.

— Je ne me prosterne pas. Je les aide à comprendre pourquoi Lada a agi ainsi.

— Ta sœur a toujours fait les mauvais choix.

— Comment ça se fait que moi tu m'empêches de faire de la merde, mais pas elle ? demanda-t-il.

— Tu es un garçon. Tu as plus besoin d'aide.

Le préjugé le vexa. Beaucoup. C'est sûrement pour cela qu'il dit bêtement :

— Content d'apprendre que tu fasses autant confiance aux personnes qui n'ont pas de pénis, car je travaille actuellement avec une femme magnifique. Genre, vraiment incroyable. Intelligente. Belle. Et extraordinaire, je l'ai dit ça ?

Il ne pouvait plus s'empêcher de parler. Était-il encore saoul ?

Un long silence s'installa.

Oh, oh.

Sa mère lui demanda finalement :

— C'est qui ?

— Personne que tu n'aies déjà rencontré.

Et personne que Maman ne pouvait rencontrer. Elle

détesterait Hollie dès leur première rencontre. Même avant. Sans la rencontrer. Sa mère n'avait jamais aimé aucune de ses petites amies. Il était même presque sûr qu'elle s'était débarrassée de l'une d'entre elles.

— C'est qui ? répéta sa mère.

Son esprit lui criait de ne pas dire son prénom. Du moins pas son vrai prénom.

Il vit qu'Hollie le regardait, sans comprendre le russe, mais elle avait probablement remarqué son expression horrifiée.

— Il faut que j'y aille maintenant, balbutia-t-il.

— C'est qui ?

Les mots vibrèrent dans son oreille et il serra la mâchoire face à sa question.

— Je t'appelle demain ? demanda-t-il d'une voix aiguë.

— Indicatif régional cinq cinq cinq. Tu n'es pas en territoire ours. Ce n'est pas celui des lions ça ?

— Ah bon ? Je n'en sais rien.

— J'espère que tu ne fréquentes pas des félines.

Il regarda Hollie qui était ravissante dans son jean bleu usé, une chemise avec Mario imprimé dessus et une veste à carreaux usée. Sa maman n'approuverait jamais.

Mais ça ne l'arrêterait pas.

— Tiens donc, dit sa mère qui réfléchissait à voix haute. D'après Google le numéro de téléphone depuis lequel tu m'appelles correspond à une entreprise qui *appartient à une certaine Hollie Joliette. Une plombière ? Voilà qui est inattendu.*

Oh.

Merde.

— Je lui ai emprunté son téléphone, répondit-il rapidement.

Trop tard.

— J'ai hâte de la rencontrer, dit doucement sa mère.

Trop doucement.

— Je ne crois pas que ce soit une bonne idée.

Ça ne le serait jamais. Sa mère risquait de se transformer en grizzly – chose dont elle avait hérité du côté de son père – et Hollie risquait de la menacer avec une clé à molette ou de se métamorphoser en lionne. Il devrait alors s'interposer et finirait probablement blessé. Et Hollie ne voudrait plus jamais le voir. Et Maman le ferait certainement souffrir pendant une semaine en préparant ses plats préférés sans le laisser les manger.

— À plus tard.

Soudain désespéré – et paniqué – il raccrocha. Le téléphone sonna.

Il le neutralisa.

Il observa les débris du portable et expliqua à Hollie qu'ils étaient foutus. Elle se mit à rire.

— Je n'y crois pas. Tu as peur de ta mère, dit-elle d'un air incrédule.

— Tout le monde a peur d'elle. Surtout les femmes que je rencontre. Il faut qu'on quitte la ville, expliqua-t-il, même s'il craignait de ne pouvoir se cacher nulle part.

— Tu exagères. Elle n'est sûrement pas si terrible que ça.

Comment lui expliquer ? Il avait à peine réussi à quitter la Russie, sa mère ayant piqué une crise. Il s'était faufilé dans la soute d'un avion pour partir et quand il avait atterri il s'était servi d'un téléphone prépayé pour l'appeler et lui dire qu'il allait bien. Elle l'avait renié, alors il avait raccroché. Il s'était dit qu'elle finirait par se calmer. Les voyages précédents avaient plus ou moins suivi le même schéma. Même si dernièrement, elle ne le pourchassait pas toujours. Peut-être que les esclandres quand il quittait la maison n'étaient que du cinéma.

Mais il avait le sentiment que cette fois-ci ce serait différent. Il avait fait le malin en parlant de Hollie. Mais qu'est-ce qui lui avait pris de faire un truc pareil ? C'était comme agiter une couverture rouge devant son oncle Liam.

Sa mère savait qu'il n'aurait pas parlé de Hollie si elle n'avait pas compté pour lui. Et sa mère n'aurait jamais laissé le hasard choisir avec qui son fils s'accouplait. Pas avec son garçon parfait.

Elle allait venir. C'était juste une question de temps. Si seulement sa mère pouvait faire autant d'effort pour retrouver sa sœur problématique.

— Il faut qu'on aille dans un aéroport, dit-il, en

retournant à l'intérieur de la chambre d'hôtel, rassemblant leurs affaires pour les mettre dans leurs sacs.

— Attends, pourquoi est-ce qu'on prend l'avion ? Où est-ce qu'on va ? Est-ce que ta mère t'a donné un nom et une adresse ?

— Un nom oui. Mila Miskouri. Mais pas d'adresse.

— Mais tu supposes qu'elle ne vit pas aux États-Unis.

— Étant donné qu'elle était ma nounou quand je vivais en Russie, je dirais qu'il y a très peu de chance qu'elle vive dans ta ville.

— Pas faux.

Mais Hollie avait encore quelques questions.

— Est-ce qu'ils me laisseront prendre l'avion avec un simple permis de conduire ?

— À l'intérieur des États-Unis oui. Mais pas si on les quitte. Sinon, il te faudra ton passeport.

— C'est facile à obtenir ? Parce que je n'en ai pas.

Alors qu'il rangeait sa chemise dans le sac à dos de Hollie, il se figea net.

— Comment ça se fait que tu n'aies pas de passeport à ton âge ?

Elle haussa les épaules.

— Je n'en ai jamais eu besoin comme je n'ai jamais quitté le pays. On en a déjà parlé.

— Bon, ce n'est pas très important puisque je n'en ai pas non plus.

Sa mère avait brûlé les trois derniers quand elle les avait trouvés.

— Est-ce qu'il faut qu'on en achète des faux ? Parce que je connais peut-être une fille qui en fait. Melly s'y connait là-dedans.

— On n'a pas le temps d'attendre. Il faudra qu'on prenne l'avion sans billet.

— Et pour l'Administration de la Sécurité des Transports ? Ils sont super stricts maintenant.

— Ne t'inquiète pas, je m'occupe de tout.

— C'est bien ça qui me fait peur, marmonna-t-elle.

Puis elle le regarda.

— Par contre, tu as vraiment appelé ta mère pour avoir des infos sur ta nounou. Tu as mérité un baiser, si tu es d'accord.

Pensait-elle sérieusement qu'elle devait lui poser la question ?

— C'est d'ailleurs la seule raison pour laquelle je l'ai fait.

— Oh.

Elle rougit. Une fille dure au cœur tendre. Mmm.

Elle se hissa sur la pointe des pieds mais eut besoin qu'il l'aide pour qu'elle puisse poser ses lèvres sur les siennes. Un long baiser qui les laissa tous les deux haletants et rouges. Ils auraient pu finir nus si une image mentale de sa mère en train de monter à bord d'un avion pour débarquer ici ne l'avait pas immédiatement refroidi.

— Même si j'aimerais faire beaucoup plus, il faut qu'on termine de ranger nos affaires et qu'on s'en aille.

— Pour aller où ? Tu as un nom mais pas encore de lieu.

— Non, mais avec son nom on peut retrouver son adresse.

— Comment ? Tu sais, si quelqu'un n'avait pas détruit mon téléphone, on aurait pu rechercher des infos sur ta nounou en ligne ! s'emporta son ourse en sucre.

— Tu aurais pu me prévenir que ton numéro s'affichait.

— Évidemment qu'il s'affiche, j'ai une entreprise, dit-elle en levant les yeux au ciel.

— On t'achètera un nouveau téléphone en allant à l'aéroport.

— Je n'ai pas dit que j'acceptais de partir.

— Si l'on compte résoudre le mystère de la clé, nous allons devoir voyager.

— Ou on pourrait appeler.

Elle porta ses doigts tendus à sa bouche et à son oreille et mima un téléphone.

— As-tu déjà entendu parler de cette super invention qu'est le téléphone ? Tu composes un numéro. La personne décroche. Tu parles.

S'ils appelaient, ils resteraient ici alors que sa mère arrivait.

— On ne peut pas comparer l'image du livre à la clé si on ne la voit pas en direct.

— Si elle a encore le livre. C'était il y a combien de temps ? rétorqua-t-elle.

— Le tome était déjà vieux quand elle nous le lisait, c'est donc probablement un héritage familial. Elle l'a sûrement préservé.

— Elle ne voudra pas que des inconnus mettent leurs pattes dessus alors. Elle pourrait nous envoyer des photos.

— Et si elle n'a pas d'appareil photo ou d'accès à internet ? argumenta-t-il, incapable d'avouer la vraie raison qui était qu'il voulait passer plus de temps avec elle.

S'ils résolvaient le mystère de la clé trop rapidement, il n'aurait plus aucune excuse pour rester auprès de Hollie.

— On pourrait acheter un autre exemplaire du livre.

— Pourquoi est-ce que tu refuses catégoriquement de partir ?

— Parce que je ne comprends pas cette précipitation. Appelons d'abord pour nous assurer que ça vaut le coup.

— On ferait mieux de quitter la ville quelque temps jusqu'à ce que les choses se tassent. As-tu oublié qu'on t'a attaquée ?

L'expression sur son visage quand elle avait constaté les dégâts dans sa maison le hanterait pendant un moment. Et s'il avait été là quand ç'avait eu lieu ?

— Arrête. Avoue que tu veux vite partir parce que tu penses que ta mère arrive. Ouuuh, dit-elle en agitant les doigts. Ça fait peur.

— Pourquoi es-tu si récalcitrante à l'idée de partir ? Tu as peur ? se moqua-t-il.

— Non ! s'exclama-t-elle.

— Alors, allons-y tout simplement.

— Tout simplement, ricana-t-elle. Avec toi, je doute que tout soit si simple.

C'était troublant de voir à quel point elle le comprenait bien. Tout comme la confiance qu'elle lui portait. Car elle finit par le *suivre*.

Ils se mirent rapidement en route et comme il tenait parole, ils s'arrêtèrent pour acheter un téléphone avec un forfait internet. Les seules personnes qui étaient au courant de leur départ étaient sa famille. Elle envoya un message groupé à ses tantes.

Pour info, l'ours m'emmène en voyage.

Où ça ? répondirent-elles. Elles ne demandèrent pas de quel ours il s'agissait puisqu'il y en avait peu qui fréquentaient quelqu'un qu'elles connaissaient.

Je ne sais pas encore.

L'œuf ou la poule ?

Une voiture klaxonna derrière lui alors qu'il était en train de regarder l'écran de téléphone de Hollie sans faire attention à la route.

— Pourquoi est-ce que tes tantes te parlent d'œuf et de poule ? demanda-t-il.

— C'est notre code secret. Les œufs ou tout ce qui est en rapport avec les ovules, signifient que je vais bien. La poule, ça veut dire que j'ai des ennuis car je ne peux pas voler.

— Et qu'est-ce que tu vas répondre ?

Ses lèvres tressaillirent.

— Une salade.

— Qu'est-ce que ça symbolise ?

— Rien. Ça va juste les rendre folles.

— Tu es proche de tes tantes ? demanda-t-il en détournant son attention de la route quelques secondes.

— Elles étaient plus présentes que ma mère. Et c'est peu dire. J'ai passé une bonne partie de mon enfance dans un pensionnat.

— C'est naze.

— Ce n'était pas si mal. Puis j'ai été ballottée entre plusieurs tantes du Clan quand je suis devenue adolescente. À seize ans, l'ancien roi m'a laissé avoir mon propre chez-moi.

— Et moi je vis toujours chez mes parents.

— Pitié, ne me dis pas que tu vis au sous-sol.

— Non, notre communauté n'en a pas.

— Tu vis dans une communauté hippie ?

— Une meute plus exactement. La communauté c'est surtout toute une série de bâtiments et maisons connectées.

— Mais tu vis avec ta mère.

— Beaucoup d'ours le font, répondit-il pour se défendre.

— Si tu le dis.

— Je ne la ramènerais pas trop à ta place. Avec Le

Clan vous vivez les uns sur les autres avec cette résidence que vous possédez.

— Eux oui, moi non. Certains d'entre nous préfèrent se débrouiller tout seuls.

— Certains d'entre nous laissent les autres rester car ils ne savent pas encore se débrouiller tout seuls.

— Tu veux dire que tu restes vivre chez ta mère pour soutenir ceux qui ne savent pas encore se débrouiller ?

— Oui, et aussi parce que ma mère fait ma lessive et cuisine.

Elle le regarda et il aurait pu jurer qu'elle avait envie de rigoler.

Elle se contenta d'un petit sourire et lui dit :

— En parlant de ta mère, elle m'a envoyé un texto.

— Impossible. Je t'ai pris un téléphone jetable. Personne n'a ton numéro.

— Faux. Mes tantes l'ont.

Et l'avait apparemment transmis. Hollie brandit son téléphone. Il lut le message qui disait : *Bas les pattes*.

— Tu souhaites répondre ? demanda-t-elle.

— Non, gronda-t-il.

Voilà qui était nouveau. Sa mère lui cassait son coup par SMS.

— Bloque-la, continua-t-il.

— Et s'il y a une urgence ?

— On ferait mieux de chercher l'adresse de ma nounou plutôt que de parler de ma mère.

— Pff, et dire que tu disais que tu n'avais pas de problèmes avec ta maman, tu parles, murmura-t-elle en se mettant à chercher.

Aux feux rouges elle lui montra différentes photos sur les réseaux sociaux de femmes du nom de Mila Miskouri jusqu'à ce qu'il dise :

— Elle. Je crois que c'est ma nounou.

Mila Miskouri avait vieilli et ses cheveux étaient plus gris depuis ce temps où elle changeait ses couches.

— D'après son profil, ta nounou est partie à la retraite il y a deux ans à l'âge de soixante-cinq ans et a emménagé en Amérique du Sud.

— Ce qui veut dire que nous avons une destination. Espérons qu'il y ait un vol qui parte aujourd'hui.

— Ce qui ne nous sert à rien puisqu'aucun de nous deux n'a de passeport.

— Je t'ai dit que nous n'en avons pas besoin. Les papiers officiels sont pour les gens qui voyagent en cabine.

Elle le regarda.

— Parce que c'est comme ça que ça se passe en fait.

— Je préfère voyager dans la soute.

— Elle n'est pas pleine à craquer avec les bagages ?

— Tu ne te demandes jamais pourquoi certaines valises n'arrivent pas à destination ?

Il lui fallut quelques secondes pour comprendre.

— Tu as réussi à voyager illégalement en jetant les affaires des autres ?

— Disons plutôt que je fais de la place. Tu verras c'est génial.

— J'en doute fortement, murmura-t-elle.

Une fois arrivés à l'aéroport, il entra pour regarder le tableau des départs. Et que fit Hollie ? Elle continua de le distraire. Dès qu'il lisait quelque chose, il la voyait partir du coin de l'œil. Il arrêtait alors de lire, devenait parano et se mettait à scanner la foule.

Elle le remarqua.

— Pourquoi tu n'arrêtes pas de sursauter ?

— Je suis juste observateur.

— Tu crois que ta mère est déjà là ? le taquina-t-elle.

— On ne sait jamais. Elle a des espions partout.

Il n'expliqua pas pourquoi il était réellement vigilant. Et si les humains qui avaient ciblé sa maison s'en prenaient ensuite à Hollie ? Son vieil ami Lawrence s'était fait kidnapper et droguer par Lada et sa bande. Ils avaient également enlevé la compagne humaine de Lawrence. Heureusement, son ami avait pu s'échapper et en avait même profité pour tuer quelques-uns de ses assaillants au passage. Mais pas tous. Évidemment. Avec la maison saccagée de Hollie, il était clair que quelqu'un recherchait toujours la clé.

Son ourse en sucre était en danger et cette fois-ci, il ne la décevrait pas.

Il mangerait d'abord ses assaillants.

Comme il l'admirait ; sa personnalité, sa force, sa

beauté. Quand elle parlait, c'était à la fois sarcastique et intelligent. Unique. Sexy.

Âme sœur.

Son ours intérieur semblait en être certain. Il lui mordillerait la peau en une seconde et la porterait jusqu'à une grotte non loin pour une hibernation sexy s'il en avait le droit. Le problème, c'était qu'Andrei ne pouvait pas aller trop vite avec Hollie sinon elle risquait de battre en retraite. La séduction devait aller dans les deux sens et même si elle laissait parfois penser qu'elle était intéressée, certaines choses continuaient à se mettre en travers de son chemin.

Il vit que ses lèvres bougeaient et mit quelques secondes avant de cligner des yeux et de dire :

— Quoi ?

— J'ai dit, est-ce que tu as trouvé un vol ? Parce que la seule compagnie sud-américaine qui part bientôt, décolle dans neuf heures.

Son cerveau moulina dans le vide. La seule chose qu'il savait, c'était qu'ils ne pouvaient pas attendre neuf heures ici.

— J'ai une meilleure idée. Attends.

Il étudia les destinations et retint le numéro de porte du vol qui partait en premier.

— Je ne comprends toujours pas comment nous sommes censés entrer dans la soute d'un avion avec toute la sécurité autour, dit-elle d'un air dubitatif.

— En restant discrets.

— Écoute Papa Ours, le maître du camouflage, tu

fais plus d'un mètre quatre-vingt et tu es bâti comme un réfrigérateur. Donc je ne comprends pas comment tu penses pouvoir te faufiler à bord.

— Observe et prends-en de la graine, dit-il avec un clin d'œil.

— Je n'ai pas besoin que l'on m'apprenne à me faire arrêter par la police.

— Seulement si l'on se fait chopper. Ce qui n'arrivera pas.

Il commença par les faire passer par une porte qui donnait sur les coulisses de l'aéroport, ce qui n'était pas très difficile. Pour ça, il dut accidentellement heurter un agent et lui voler sa carte magnétique, tout ça sans que ce dernier ne sonne l'alarme. Puis, ils entrèrent dans le vestiaire des employés et s'introduisirent dans une salle de stockage où ils gardaient tous les uniformes de rechange.

Vêtus comme s'ils faisaient partie des lieux, ils sortirent, saluant les autres employés. Enfin, surtout Andrei. Hollie, elle, avait une mine renfrognée et l'air grognon, ce qui fonctionnait aussi.

Andrei conduisit plus par instinct qu'en se servant de la signalisation qui menait à la porte treize et vers un vol jusqu'au Mexique. De là, il serait plus facile de trouver un avion allant encore plus au sud.

À la porte d'embarquement, il se précipita vers le camion à bagages, juste à temps pour voir sortir les porteurs de valises.

Un seul d'entre eux osa dire :

— C'est nous qui sommes censés faire la porte treize.

— Apparemment non, lâcha, Andrei.

Les deux autres employés haussèrent les épaules et retournèrent à l'intérieur.

— C'est bien trop facile, dit Hollie.

— Les gens font toujours attention à ceux qui sont suspects. Ceux qui font trop attention, qui ne s'intègrent pas.

— Le simple fait de porter un uniforme ne devrait pas rendre les choses aussi simples.

— Un examen plus approfondi ferait voler en éclats notre déguisement, mais au premier coup d'œil, toi et moi semblons avoir notre place ici. Ça aide qu'il pleuve et que personne n'ait envie d'aller dehors aujourd'hui.

— On se cache à la vue de tous, remarqua-t-elle alors qu'il se garait à l'extrémité arrière de l'avion, dont une section était ouverte pour réceptionner les bagages. Si tu es si doué que ça, pourquoi est-ce que tu fuis ta mère ?

— Je pars surtout à la recherche de ma nounou. Et avant que tu ne dises une fois de plus qu'on aurait pu l'appeler avant, je préfère la voir en personne.

Elle rigola, mettant en évidence sa connerie, mais pour le moment elle était toujours là.

Il grimpa dans la soute à l'arrière de l'avion et leur confectionna un petit nid. Il l'aida à entrer pendant qu'il déplaçait le chariot à bagages, puis il revint en courant. Il fit semblant de bidouiller quelque chose avant que l'équipe de préparation du vol ne s'éloigne, puis il remonta à l'intérieur pendant que la porte se refermait.

Malgré l'obscurité, il parvint à la retrouver et à s'asseoir à côté d'elle. Elle s'assit en tailleur, nerveuse, même si le ton de sa voix ne le laissait pas transparaître.

— Il va faire froid comment ?

— Assez pour que mes poils de dos me soient utiles.

Elle émit un rire étouffé.

— Ma fourrure n'est pas aussi chaude que la tienne.

— Ne t'inquiète pas mon ourse en sucre. Je suis assez chaud pour nous deux.

L'avion ronronna en se déplaçant et il sentit plus qu'il ne vit sa nervosité.

— Je peux peut-être trouver quelques vêtements dans les valises. Si je mets suffisamment de couches, je resterai au chaud.

— On pourrait aussi se tenir chaud en rejoignant le club de ceux qui s'envoient en l'air dans les avions, suggéra-t-il.

— Je suis surprise que tu n'en fasses pas déjà partie, répondit-elle.

— T'as vu la taille des toilettes dans les avions ?

— Tu veux dire que tu ne voyages pas toujours dans la soute ?

— C'est rare.

— Waouh, je me sens spéciale du coup.

Il rigola.

— Tu aurais préféré être à l'étroit dans l'avion en mangeant de la bouffe de mauvaise qualité ?

— Oui et non. Et si j'ai faim ?

— J'ai pris quelques encas.

— Ah oui, t'es bien préparé. Je parie que tes copines adorent quand tu les emmènes en vacances.

— Tu es la première que j'emmène en voyage clandestin.

Elle ne dit rien durant quelques secondes.

— Je ne suis pas ta petite copine.

— Mais j'aimerais bien que tu le sois.

Oh.

Silence.

Il n'insista pas. Au lieu de ça, il sortit le pique-nique qu'il avait apporté. Ils mangèrent sous la lumière d'un gode et d'un plug anal. Elle enfila le pull d'un autre passager en le prenant dans un autre bagage car elle refusa de toucher tout ce qui venait de la valise avec les sex toys.

— Qui voyage avec tout ça ? s'exclama-t-elle.

— Quelqu'un qui ne sait pas se servir de ses mains.

Elle gloussa, un son drôle et léger. Il tendit la main vers elle et l'attira plus près, cherchant à l'embrasser avant de sentir qu'elle frissonnait. Elle avait froid.

— Il est temps de sortir la fourrure.

Il ne mit pas longtemps à se déshabiller, puis se métamorphosa. Il tourna son dos vers elle en poussant tous les sex toys sur le côté pour faire de la place.

Il entendit un souffle derrière lui et se tourna sur le côté avant de lever la patte et de lui faire signe.

Une lionne à la fourrure lisse et dorée était assise non loin, la tête penchée sur le côté. Accepterait-elle de se blottir contre lui ?

Elle se laissa retomber contre Andrei, le dos contre son torse, roulée en boule alors qu'il l'enveloppait.

Et ouais, il savait que les lions ne ronronnaient pas. Mais pendant une seconde, il aurait pu jurer qu'elle le faisait.

CHAPITRE DIX

Avant d'atterrir au Mexique, Andrei s'assura qu'ils soient bien habillés en touristes et non en passagers clandestins. Une robe d'été avec des sandales pour elle. Un short de surf et une chemise hawaïenne XXL pour Andrei, même si celle-ci lui allait à peine au niveau des épaules et était trop lâche au niveau du ventre. En revanche, il allait être obligé de porter des mocassins. Aucune valise ne contenait de sandales à sa taille.

Dès l'instant où ils sortirent de la soute, et après avoir soudoyé le type qui les avait croisés avec surprise, ils quittèrent le terminal principal et entrèrent dans une zone plus industrielle de l'aéroport sous l'ordre de Hollie.

— Où est-ce que tu nous emmènes ? demanda-t-il, ralentissant le pas pour s'adapter à son rythme.

— Tu as oublié qui était ma famille, dit-elle en

gardant un œil ouvert pour trouver le hangar que Nora lui avait indiqué par email.

Car figurez-vous qu'au cours de leur dîner au bar, elles avaient joué cartes sur table et avaient décidé de s'entraider. En gros, Nora informerait Hollie si jamais elle découvrait quoi que ce soit sur Peter et Hollie lui rendrait la pareille en la tenant au courant des attaques et de leur progression concernant la clé.

— Tu as prévenu quelqu'un que nous venions ici, dit-il.

— Je l'ai même dit à plusieurs personnes en fait, expliqua-t-elle en comptant sur ses doigts. Mes tantes pour qu'elles sachent qui tuer si je ne revenais pas. Mon roi parce qu'il aurait voulu le savoir. Et Nora, qui est actuellement mon agent de liaison à la maison. Comme ça ne prend pas beaucoup de temps de surveiller Peter, elle continuera de tout coordonner sur le terrain.

— Ça fait beaucoup de monde, grimaça-t-il.

— Est-ce que tu te sentirais mieux si je te disais que je n'avais pas envoyé de SMS à ta mère ? Même si son dernier message était assez intéressant. Soi-disant qu'elle allait mourir et te rayer de son testament.

— C'est la troisième fois cette année, marmonna-t-il.

— Ta mère est vraiment folle.

— Je t'avais prévenue.

Bizarrement, elle sourit.

— Ta maman t'adooore, chantonna-t-elle.

— Je suis prêt à la partager.

Elle fronça le nez.

— Non, merci.

— Alors où allons-nous exactement ? Est-ce que tu as réussi à nous avoir un charter privé ? Avec une cabine couchette ? demanda-t-il, plein d'espoir.

— Ce ne serait pas très discret. On va monter à bord d'un avion-cargo appartenant au Clan.

Elle avait envoyé un message à Nora depuis la soute pendant qu'Andrei garait le chariot à leur aéroport de départ. Le temps qu'ils atterrissent, Nora avait déjà pris les dispositions nécessaires.

— En tant que bétail ? dit-il alors qu'ils passaient devant un ensemble de cages vides à l'extérieur d'un entrepôt.

— Certainement pas.

— C'est une bonne couverture même si c'est un peu inconfortable après quelques heures sans avoir pu s'étirer.

Ses pieds s'emmêlèrent et elle faillit trébucher.

— Tu as déjà été en cage auparavant ?

— Ouais. Je ne le recommande pas. Tu n'as pas la place de t'étirer ou de faire tes besoins.

Elle se mordit la lèvre inférieure.

— Je peux savoir pourquoi ?

— À cause de braconniers qui enlevaient des animaux pour des activités sportives privées.

— Tu t'es fait attraper ?

— Délibérément. Puis, j'ai démantelé l'opération de l'intérieur.

Elle n'eut pas besoin de plus de détails. Son grand sourire quelque peu diabolique voulait tout dire.

— J'aurais dû me douter que tu serais un genre de héros cliché.

— Je ne suis pas un héros. Ces braconniers empiétaient sur notre territoire. Ils ont servi d'exemple, pour qu'ils comprennent ce qui peut arriver quand on contrarie un Medvedev.

— Un antihéros donc.

— Aussi surnommé le méchant, déclara-t-il.

— Non, ça, c'est ta sœur et la bande avec laquelle elle travaille.

— Je n'ai pas envie d'être un héros, dit-il avec une moue exagérée.

— Ne t'inquiète pas, je m'attribuerai toute la gloire en résolvant ce mystère et toi tu ne seras que le beau gosse qui a porté mes affaires, dit-elle en lui tapotant la joue avant d'entrer dans un hangar où était garé un avion.

— Tu as dit que j'étais un beau gosse, se vanta-t-il en la dépassant.

— Un beau gosse poilu et brutal alors.

Et plus ils passaient du temps ensemble, plus c'était attirant.

— Oh, là, là, mon cœur explose de joie ! dit-il en portant la main à sa poitrine en souriant. Peut-être que moi aussi je pourrais te faire exploser de joie un peu plus tard, dit-il avec un clin d'œil.

Et voilà, les remarques mielleuses et les répliques sarcastiques de Hollie s'arrêtèrent net.

— C'est notre avion.

Ouaip, elle avait changé de sujet. Et il gloussa. Un son rauque et doux qui la chatouilla de toute part, la rendant plus alerte.

Le grand avion réaménagé ne contenait pas que des caisses et des fournitures. Il disposait d'un espace passager assez confortable avec des canapés rafistolés qui se faisaient face, un réfrigérateur attaché par des sangles et un urinoir en cas d'urgence. En l'apercevant, elle regretta de ne pas avoir appris à faire pipi debout.

Enfin presque. Elle se retiendrait.

— Qu'est-ce que Nora et toi avez prévu pour l'atterrissage ? demanda-t-il.

— Nora s'occupe de nous réserver un transport pour la dernière étape.

— Vous vous êtes vraiment occupées de tout. Parfait.

Et dire qu'elle avait eu peur qu'il rechigne ou se comporte comme un macho quand elle lui annoncerait qu'elle avait pris des dispositions pour leur voyage. Il s'étira sur un canapé qui ne pouvait accueillir que la moitié de son corps, repliant les jambes, les pieds à plat sur le sol. Il ferma les yeux et s'endormit.

Elle essaya de faire de même, mais se retourna dans tous les sens avant qu'il ne vienne à côté d'elle, la soulève dans les airs pour prendre sa place et ne l'allonge sur lui.

Pourquoi protester quand ses yeux se fermèrent immédiatement et que sa nervosité disparut ? Elle n'avait jamais réussi à bien dormir quand elle n'était pas dans son lit. C'était d'ailleurs une des raisons pour lesquelles elle ne voyageait pas.

Bizarrement, le fait de se blottir contre Andrei la détendit.

C'était même encore plus agréable de se réveiller avec ses mains sur ses fesses, ses lèvres dans ses cheveux. Sans rien faire de plus, malgré leur position assez intime. Elle se tortilla dans ses bras. Ses doigts se crispèrent avant de la laisser partir.

Elle émit un bruit de protestation.

— Tu as fait une bonne sieste, mon ourse en sucre ? gronda-t-il en lui caressant les cheveux.

— La meilleure qui soit, dit-elle en restant étalée sur son torse – qui était assez grand pour l'accueillir. Tu fais un très bon matelas.

— Il est peut-être temps que l'on envisage que je sois plus qu'un simple matelas pour toi.

— Je ne préfère pas.

S'ils en parlaient, cela risquait de tout gâcher.

— On va bien ensemble.

Effectivement. Mais si elle l'admettait... elle n'était pas encore prête pour ça. Elle frotta son visage contre le sien et grogna :

— Non, c'est faux.

Il rigola.

— Je sais quand tu mens.

— Ça, c'est toi qui le dis.

— Si, je te jure. Mon ourse en sucre parfaite, murmura-t-il en enfouissant son nez dans son cou.

Pour un type costaud et insolent, il avait quand même des élans de tendresse.

— Tu es rusé. Je comprends pourquoi on dit qu'il ne faut jamais faire confiance à un ours.

— Tu peux me faire confiance.

Pouvait-elle vraiment ? Elle avait été déçue par ceux qui l'avaient aimée par le passé. Un père qu'elle n'avait pas connu car sa mère avait bu quelques verres de trop dans un bar. Une mère qui n'avait jamais envisagé d'avoir un enfant et qui avait envie de voyager à droite et à gauche.

Elle s'appuya contre Andrei pour s'asseoir et finit par le chevaucher. Le creux de ses cuisses s'appuyait contre la partie la plus dure de son corps.

Elle ne put s'empêcher de bouger un peu son bassin.

Mmm.

Elle n'aurait pas pu dire si c'était elle qui venait de faire ce bruit ou lui.

Peut-être les deux.

— Tu vas me tuer, gémit Andrei.

— Ce serait dommage.

Elle s'écarta et préféra jouir de tout cet espace plutôt que de jouir tout court.

— C'est mieux ?

— Non, dit-il en faisant la moue.

— Je suis sûre que tu vas t'en remettre. Il y a un urinoir là-bas, si t'as besoin de la mettre quelque part.

Sa remarque le fit rire.

— Je crois que je préfère encore avoir la couille bleue.

Bizarrement, elle ne savait pas encore combien de temps elle tiendrait.

Les palpitations entre ses jambes ne comprenaient pas pourquoi elle se tenait trop loin pour faire quoi ce soit qui puisse les soulager.

— On doit être en train de se rapprocher de l'autre aéroport.

— Il nous reste combien de temps encore ?

Elle regarda sa montre.

— Le pilote a dit que ça dépendrait des vents. Donc ça pourrait être une heure comme vingt minutes.

— Je n'aurais pas besoin d'autant de temps.

— Ce n'est pas quelque chose que tu devrais mettre sur ton CV, ça.

Il la regarda, bouche bée, avant de glousser.

— Mon ourse en sucre, si un homme n'arrive pas à te faire jouir rapidement quand il essaie, c'est qu'il ne sait pas ce qu'il fait. Je pourrais te faire jouir deux fois, te rhabiller et t'attacher pour l'atterrissage durant ces vingt minutes.

Une vague de chaleur la traversa. Ce n'était pas bien d'en avoir envie.

— Les pilotes...

— Pilotent l'avion.

Elle fut tentée de dire oui, mais soudain, un haut-parleur grésilla.

— Votre attention s'il vous plaît. Veuillez vous asseoir et attacher votre ceinture. Nous débutons notre descente.

— Putain, mais le ciel est vraiment contre moi, grommela Andrei.

Il n'avait pas tort, le timing n'était jamais le bon. C'est peut-être pour ça qu'elle s'approcha assez près pour prendre son visage dans ses mains et se pencher pour l'embrasser.

Lorsque le rythme des moteurs changea, il soupira contre sa bouche.

— Tu ferais mieux de t'asseoir, mon ourse en sucre.

Sa déception était réelle mais elle fut atténuée par le fait qu'il insista pour qu'elle prenne la place à côté de la sienne, puis il l'attacha et enroula ses doigts autour des siens.

L'avion-cargo atterrit dans une grande ville d'Amérique du Sud qui n'était pas leur destination finale. Nora s'était arrangée pour qu'ils prennent un bus local. Un trajet de neuf heures via un itinéraire détourné, ce à quoi Andrei s'exclama :

— Hors de question que je monte à bord de ce train de la mort, putain ! Il doit y avoir une autre solution. Je vais voir si je peux louer une voiture. Je préfère être celui qui conduit.

Pendant qu'il cherchait, Hollie trouva une meilleure solution. Elle le traîna hors de la file d'attente de l'agence de location de voitures et ce ne fut que lorsqu'ils eurent quitté le terminal, qu'elle lui annonça la bonne nouvelle.

— J'ai organisé une visite guidée pour nous, en hélicoptère ! Ce qui est plutôt cool. J'ai toujours voulu en faire.

— Ces trucs sont bruyants, remarqua-t-il.

— Mais on y sera en une heure à peine.

— Je préfère conduire.

— Pas moi, plus vite on y est, mieux c'est. Tu viens avec moi ou tu pars seul ?

— Putain, t'es dure en affaires, mon ourse en sucre. J'espère qu'il y aura la clim une fois arrivés à notre destination, grommela-t-il. Il fait trop chaud.

Il suait depuis qu'ils avaient atterri, alors qu'elle, elle adorait la chaleur.

— Pauvre Papa Ours. Quand on arrivera, on te trouvera un ventilateur ou quelque chose qui pourra te souffler dessus.

— Moi je sais exactement ce que tu pourrais utiliser, dit-il en baissant les yeux vers ses lèvres et elle rougit.

Mais cette fois-ci, au lieu de le repousser, elle lui dit timidement :

— Peut-être. Si t'es sage.

— C'est encore mieux quand je ne le suis pas,

répondit-il en lui donnant une légère tape sur les fesses.

Sa bonne humeur disparut lorsqu'il vit l'hélicoptère.

— Il n'est pas assez grand, déclara-t-il.

L'ours n'avait pas tort. Elle soupira.

— Alors j'imagine qu'on va devoir conduire. J'espère juste que ta mère ne prendra pas l'hélicoptère à notre place pour nous devancer.

— Bien joué, mon ourse en sucre, tu utilises ma mère pour me faire changer d'avis. Et c'est le meilleur argument que tu puisses me donner.

Elle ricana.

— Tu penses vraiment qu'elle va nous suivre jusqu'en Amérique du Sud ?

— Maman va venir. Et c'est entièrement de ma faute. Je lui ai parlé de toi.

Hollie mit un moment à digérer l'information avant d'hésiter à lui demander :

— Tu lui as dit quoi exactement ?

— Assez pour qu'elle comprenne qu'on est ensemble.

— On n'est pas vraiment ensemble. Techniquement.

Est-ce que le fait d'avoir dormi avec lui plusieurs fois de suite voulait dire quelque chose ? Ils n'avaient partagé que quelques baisers.

— Pas besoin de faire semblant avec moi mon ourse en sucre. Nous savons tous les deux que tout ça va devenir plus sérieux et intense. Et que ma mère va essayer de changer la situation une fois qu'elle nous aura trouvés.

Attendez. Il pensait vraiment qu'ils allaient se mettre en couple ? Elle et l'ours du chaos ? Oh non, putain, non.

— Explique-lui simplement que nous sommes de simples coéquipiers. Qu'on résout un mystère comme le Scooby-Gang[1].

— Et moi je suis le beau gosse Fred, dit-il en prenant la pose.

— Ou plutôt le grand imbécile Shaggy.

— Ah, tu me vois comme le personnage intelligent et extrêmement populaire qui résout généralement le crime.

— Ça, c'est plutôt Velma, dit-elle en agitant les mains. Mais pourquoi on parle de ça ?

— Parce que ça détourne l'attention de ce jouet dans lequel tu voudrais que je monte.

— La faute à qui ? On aurait pu appeler ta nounou. Mais à la place, tu as insisté pour qu'on vienne jusqu'ici parce que tu as peur de ta maman, se moqua-t-elle.

Il se pencha vers elle et lui murmura :

— Tu devrais être terrifiée toi aussi. Parce qu'une fois que ma mère aura compris ce que je ressens pour toi...

— Et qu'est-ce que tu ressens ? demanda-t-elle en le regardant droit dans les yeux.

— Que tu es la bonne, dit-il sans aucune hésitation.

Il n'y avait pas de « *peut-être* ».

— Tu ne peux pas en être sûr.

Même si au fond elle frémissait, pleine d'espoir.

— Je n'ai jamais été aussi sûr ! s'exclama-t-il avec véhémence avant de l'embrasser.

Elle enroula les bras autour de son cou et écarta les lèvres. Un soupir chaud voyagea de la bouche à la sienne. Il gémit en la goûtant, puis caressa sa bouche avec sa langue en traçant les contours. La passion entre eux…

— Hum, hum. Nous allons devoir partir maintenant si nous voulons atterrir avant la nuit, les interrompit leur pilote.

Elle arracha sa bouche de celle d'Andrei avec un grognement. Alors qu'elle s'apprêtait à pivoter vers lui et à s'énerver, il la tint contre lui.

Il parut bien trop calme lorsqu'il dit :

— Donnez-nous une seconde.

— Vous en avez trente, s'agaça le pilote.

Andrei se pencha vers elle, assez près pour que son front touche le sien.

— Je te jure que cet homme a envie de mourir. Il a un très mauvais timing.

— Tu as peut-être raison quand tu disais que le ciel était contre nous, il ne veut pas nous laisser terminer nos baisers.

Il déposa un bisou léger sur le bout de son nez.

— Mon ourse en sucre parfaite, je te promets que

nous aurons droit à un vrai baiser ininterrompu. Ce soir.

— Ça paraît tellement loin.

— C'est vrai, c'est dans une éternité. Je mourrais peut-être d'ici là.

— Bon, merde, on y va là, cria le pilote en gesticulant grossièrement.

— Tu as raison. Il faut qu'il meure, murmura-t-elle.

— Seulement une fois que nous aurons atterri. Allez, mon ourse en sucre, allons-y avant que je ne change d'avis.

Il attrapa fermement sa main alors qu'ils montaient à bord de l'hélicoptère, qui, même elle devait l'admettre, paraissait petit une fois qu'elle était assise à côté de son ours.

— Comme c'est confortable, dit-elle, pas du tout rassurée par la ceinture de sécurité fragile.

La porte se ferma mais elle ne vit aucun moyen de la verrouiller.

Elle espérait vraiment qu'elle ne tomberait pas.

— Tu as peut-être raison. On ferait mieux de conduire.

Elle posa la main sur sa ceinture, prête à abandonner. Finalement, l'hélicoptère ne lui semblait plus être une si bonne idée.

Il posa la main sur la sienne.

— Ça va bien se passer.

Ce à quoi le pilote répondit en se retournant.

— Il faut que l'on répartisse un peu mieux le poids.

— Qu'est-ce que ça veut dire ? gronda Andrei.

— Ça veut dire qu'il faut que tu mettes ton cul au milieu et que ta petite amie s'assoie sur tes genoux.

Elle eut envie de réfuter l'étiquette petite amie, mais Andrei choisit d'obéir au pilote et détacha la ceinture de Hollie pour la mettre sur ses genoux en un clin d'œil.

Le fait même que le pilote leur demande d'effectuer quelque chose qui allait à l'encontre de toutes les règles de sécurité aérienne lui fit regretter de ne pas avoir pris un hélicoptère un peu plus grand, car Andrei n'était pas gros. Grand ? Oui. Mais recouvert de muscles. Elle s'était toujours considérée comme étant de taille moyenne, mais à côté de lui, elle se sentait petite et délicate.

L'hélicoptère fit une embardée et elle se crispa. Pour penser à autre chose que le vol, elle lui raconta :

— Quand j'étais petite, j'ai toujours rêvé d'avoir une cabane. Le genre avec des chambres réparties entre de grands arbres épais reliés par des ponts de corde. Et toi ?

— Un château face à l'océan. Peut-être en Irlande avec un balcon en saillie sur la falaise, pour sentir les vents provenant de l'Arctique quand ils soufflent.

— Brrr, il doit y faire froid, frissonna-t-elle.

— Je te réchaufferais.

Son bras se resserra autour d'elle et elle posa la tête contre son torse.

— Nous sommes complètement opposés, ne put-elle s'empêcher de remarquer.

— Oui.

— Ça ne marchera jamais.

— Si.

Une affirmation calme, une fois de plus.

Était-ce vraiment possible ?

Lorsque l'hélicoptère vacilla, elle raffermit sa prise, assez pour qu'il lui murmure :

— N'aie pas peur.

— Je n'ai pas peur.

— Alors ne me coupe pas la circulation.

Elle était assise sur ses genoux, tournée vers l'avant et enfonçant les doigts dans ses cuisses, comme si elle s'agrippait en panique à une barre.

— Désolée.

Elle posa les mains sur ses genoux.

— Si quelqu'un devait se faire du souci, c'est plutôt moi. Les chats retombent toujours sur leurs pattes.

— Et les ours retombent sur quoi alors ?

— Leur tête.

L'hélicoptère piqua du nez et la tension s'installa en lui. Il était aussi nerveux qu'elle. Ce qui, bizarrement, la faisait se sentir mieux.

— Ça explique pourquoi tu as cette tête alors.

— Je croyais que tu me trouvais beau.

— Je crois que j'ai besoin de lunettes alors, parce que j'aurais dû dire costaud et déjà bien amoché. À l'avenir, tu ferais mieux d'atterrir sur tes grosses fesses.

Il se raidit, indigné.

— Elles ne sont pas grosses.

— Si, d'après le pilote, le taquina-t-elle.

L'hélicoptère fit à nouveau une embardée et ce fut à son tour de déglutir alors qu'elle redevenait nerveuse. L'appareil s'inclina et s'éleva, luttant contre un vent qui était parfois plus fort qu'eux.

— C'est comme les montagnes russes, dit-elle avec un rire aigu.

— Je ne sais pas. Je suis trop grand pour pouvoir les faire.

— C'est beaucoup de chutes et de montées, puis tu glisses dans les loopings, dit-elle en se tortillant sur lui avant de rebondir.

— Tu pourras flirter autant que tu veux, ça ne me fera pas oublier que notre cercueil volant a du mal.

Elle grimaça.

— S'il te plaît, n'appelle pas ça un cercueil. Et je ne flirtais pas.

— Dit la femme qui frotte ses fesses contre mon sexe, murmura-t-il dans son oreille.

— Mais je ne...

Elle s'arrêta de parler avant qu'il n'entende son mensonge. Elle se frottait plus qu'elle n'aurait dû contre lui. Ces petits frissons lui rappelaient ce qu'elle voulait vraiment de la part de l'ours.

— Ce n'est pas grave d'admettre que tu es attirée par moi, dit-il d'un air suffisant.

— Tu n'es pas vilain.

— Oh là, là, tes compliments me gênent. Arrête, rétorqua-t-il sèchement.

— Petit malin.

— Encore des compliments ? Mais mon cerveau va exploser.

— Tu crois vraiment que tu sentirais quelque chose ?

Elle ne put s'empêcher de rire.

— Sale morveuse, grogna-t-il, enfonçant les doigts sous ses bras pour la chatouiller. Elle se tortilla et gigota jusqu'à ce que le pilote hurle :

— Vous êtes tarés ou quoi ?!

Apparemment, car pendant une seconde, ils avaient tous les deux oublié qu'ils étaient dans un petit hélicoptère qui luttait pour rester loin des arbres.

Elle se figea et jeta un coup d'œil par la fenêtre.

— Bon, le positif dans tout ça, c'est que je doute que quelqu'un nous ait suivis.

Ils étaient le seul hélicoptère dans le ciel. Le vol ne durerait pas plus d'une heure.

Une fois le vol plus fluide, Hollie se détendit et se pencha pour observer le paysage dehors. Tout semblait si petit avec ces boules vertes aux nervures brunes et ce tapis de forêt luxuriante en dessous d'eux. À l'est se trouvait une chaîne de montagnes étouffées par la végétation.

— Regarde. C'est tellement vert ! s'exclama-t-elle.

— Non, ça va.

Andrei resta parfaitement immobile au milieu,

fixant la nuque du pilote. Il n'avait pas bougé d'un pouce depuis que ce dernier les avait réprimandés.

— Et dire que c'est moi que l'on traite de mauviette, dit-elle en lui faisant un clin d'œil.

Il leva la main pour prendre son visage et caressa sa lèvre inférieure avec son pouce.

— J'ai hâte de t'embrasser, avoua-t-il.

— On ferait mieux d'attendre, sinon notre pilote va encore nous engueuler.

— Je suis prêt à prendre le risque.

Ses lèvres tressautèrent, mais une pensée tenace la poussa à dire :

— Tu es sûr que c'est une bonne idée de nous mettre en couple ?

— Je pense que c'est une excellente idée. On va bien s'amuser et vivre de nombreuses aventures ensemble.

— Tu parles comme si on allait continuer de se voir une fois qu'on aura résolu cette histoire de clé.

— Parce que c'est le cas. Pendant un moment même, je le sens. Tant que ma mère ne te tue pas.

— Elle est vraiment si folle que ça ?

— Plus folle encore. Mais ne t'inquiète pas. Je te protègerai.

Il frotta la joue contre le haut de sa tête alors qu'elle se blottissait contre lui.

— Et comment vas-tu faire depuis la Russie ?

Parce qu'il finirait par devoir y retourner un jour ou l'autre.

— J'ai des intérêts commerciaux aux États-Unis ce qui veut dire que je vais pouvoir m'y rendre pendant des mois. Et tu pourras venir me voir à ton tour.

— Je ne peux pas partir comme ça. Je travaille.

— Alors tu travailleras quand tu viendras me voir. Je peux te trouver des clients.

Elle digéra l'information avant de lui dire :

— Ça ne te dérangerait pas que je continue à travailler en tant que plombière ?

— Je préfère ça que de te voir traîner à la maison et boire toute ma vodka de qualité.

— Je n'aime pas la vodka.

Il secoua la tête.

— Impossible. Tout le monde aime la vodka. Tu verras.

— Ah oui ? Tu n'arrêtes pas de dire que ta mère refusera que l'on soit ensemble.

— Je m'occuperai de Maman.

Apparemment, c'était le moment des aveux, car elle avoua à son tour :

— Il n'y a pas que ta mère qui deviendra un peu zinzin si on se met en couple. Ma famille aussi pourrait faire un scandale.

— Bah. J'ai déjà rencontré tes tantes. Je sais comment gérer les minettes.

Il orienta le visage de Hollie vers lui pour l'embrasser. Leurs lèvres se touchèrent et l'attirance fut immédiate. La passion folle.

Des respirations haletantes. Une chaleur palpitante. Son monde bascula.

Littéralement. Mais parce qu'ils perdaient effectivement le contrôle.

— Il y a un problème, souffla-t-elle.

— Tout me paraît normal pourtant.

Il tira sur sa lèvre inférieure mais elle s'écarta, son regard soudain attiré par le nuage sombre qui volait devant le hublot, vrombissant dans tous les sens. Elle vit le reste des formes passer en tournoyant. Puis d'autres traînées sombres, et des bruits sourds comme si quelque chose avait frappé la coque de l'hélico.

— C'est quoi ce bordel ?! s'exclama Andrei.

Le pilote fut le seul à répondre.

— Quelque chose a dû déranger un nid de chauves-souris. Attendez.

Des chauves-souris ? Hollie regarda à travers la fenêtre du cockpit et tressaillit alors qu'un véritable nuage de corps les enveloppait soudain. *Toc. Toc. Poum. Paf* !

Les rongeurs ailés heurtèrent l'hélico et s'emmêlèrent dans les rotors. Le bruit le plus inquiétant fut celui des moteurs qui crachotaient.

Puis le silence alors qu'ils mouraient.

CHAPITRE ONZE

Quand le moteur de l'hélicoptère s'arrêta, ce n'était pas vraiment le moment de lâcher un « *Je te l'avais dit.* »

Andrei s'était douté qu'il n'aurait pas dû monter dans cet engin de la mort, et maintenant que les événements lui donnaient raison, il était surtout temps de planifier comment ils allaient survivre à ce crash.

Il se prépara à l'impact en croisant les bras alors qu'Hollie lui demandait :

— Tu penses qu'il y a des parachutes à bord ?

— Même s'il y en a, nous ne volons pas assez haut pour les déployer, remarqua-t-il. Il faut qu'on se prépare à l'impact.

— Comment ? En sortant un airbag de nos fesses ?

Son ton sarcastique ne dissimulait pas totalement sa peur.

— Je ne te laisserai pas mourir.

Une déclaration audacieuse qu'il fit rapidement suivre par :

— Pourquoi as-tu si peur ? T'es une féline non ?

— On ne retombe pas toujours sur nos pattes, marmonna-t-elle.

— Je crois, commença-t-il en essayant d'ignorer ce sifflement au fur et à mesure qu'ils perdaient de l'altitude, que tu devrais me promettre un baiser si jamais on s'en sort.

— Je t'offrirai bien plus si c'est le cas.

— Presse ton visage contre moi !

Ce fut la dernière chose qu'il put lui dire avant qu'ils ne heurtent la cime des arbres dans la jungle.

Crack. Couic !

Ils furent secoués dans tous les sens, mais Andrei serra Hollie contre lui tout le long. Même lorsque la descente de l'appareil s'arrêta brutalement, et qu'ils pendirent sur le côté, il garda sa prise. Tout ce qui n'était pas accroché dégringola, y compris leur sac. Il tomba à travers l'ouverture à l'avant de l'hélicoptère et atterrit sur le pare-brise. Il put prendre conscience de la distance de leur chute en regardant à travers.

— Vous êtes en vie ?! hurla le pilote.

— Ouais. Mais il faut qu'on sorte d'ici avant que ce truc ne se remette à bouger.

Leur position précaire l'empêchait de faire des mouvements brusques.

— Je suis la seule à sentir cette odeur de fumée là ? demanda Hollie.

— Non, moi aussi.

Ça ne présageait rien de bon.

Hollie tapota les mains qui la retenaient.

— Laisse-moi voir si je peux ouvrir la portière.

Elle se tint en équilibre, les pieds calés sur le bord du cadre. Pendant qu'elle s'accroupissait pour regarder, Andrei chercha une poignée avant de bouger ses pieds.

— Vous avez une idée de la distance qui nous sépare de la ville la plus proche ? demanda-t-il à leur pilote qui se tenait sur le pare-brise et s'accrochait à son siège pour leur faire face.

— Nous étions à une dizaine de minutes de l'atterrissage. Ce qui veut dire que nous sommes à une heure de marche ou plus, se plaignit l'humain.

— Une heure ? Ce n'est rien, se moqua Hollie.

Elle donna un coup contre le mécanisme de la portière. Celle-ci ne bougea pas.

— C'est coincé. Tu peux l'ouvrir ? demanda-t-elle à Andrei.

— Pff, quelle question ! C'est comme si tu demandais si les ours faisaient caca dans la forêt.

— Seulement ceux qui ne sont pas propres, répondit-elle avec insolence.

Il éclata de rire.

— Tu m'apprivoises quand tu veux, mon ourse en sucre.

— Peut-être que je le ferai, Papa Ours.

Leur pilote leur lança un regard noir.

— C'est pas le moment de se faire des mamours. Il faut qu'on sorte de cet hélico.

— Tu me donnes vraiment faim, grommela Andrei alors qu'il actionnait le levier de la porte.

Hollie gloussa.

— Je risque d'être un peu trop sèche à ton goût.

— Il faudra probablement attendrir un peu la chair avant, approuva-t-il en tirant à nouveau.

Sauf que la portière ne bougeait pas.

— Je crois qu'elle est coincée, dit le pilote, comme si ce n'était pas déjà évident.

— Il faut qu'on trouve un autre moyen de sortir, annonça Hollie en promenant ses doigts le long du cadre. La vitre de la portière était une pièce unique encadrée par une cage de métal. Il y avait la même sur le côté, mais sans la portière. En attendant, la fumée s'épaississait.

— Il va falloir qu'on sorte par le cockpit, souligna Andrei.

Ils regardèrent tous en bas et avant même qu'il ne puisse donner d'indications, le pilote changea de position et se mit à piétiner le pare-brise. Celui-ci grinça.

— Espèce d'imbécile, arrête ça tout de suite !

Andrei sentit l'hélicoptère trembler alors que les impacts secouaient son perchoir fragile.

— Il faut qu'on sorte d'ici avant de brûler vifs !

Le pilote était en panique totale alors qu'il donnait un nouveau coup de pied. Le pare-brise se fissura, prenant la forme d'une toile d'araignée.

— Accroche-toi bien, dit Andrei à Hollie.

Avant même que le pilote n'ait le temps de porter le troisième coup, l'hélicoptère bougea, faisant gémir le métal.

Hiiiii.

L'humain perdit l'équilibre et heurta le verre brisé avec ses fesses. La vitre céda.

Les morceaux de verres dégringolèrent, emportant le pilote avec eux. Son hurlement cessa lorsqu'il rencontra le sol.

— C'est une longue chute, remarqua Hollie.

— Au moins, maintenant, il ne nous interrompra plus.

Elle lui jeta un regard noir et haussa les sourcils.

— Quoi, c'est trop tôt pour ce genre de blague ?

— Le type vient *juste* de mourir.

— Parce qu'il a oublié la loi de la gravité. Fais attention.

— Toi, fais attention. Je n'ai pas envie que tu m'emportes avec toi si tu tombes.

— Tu préfères que j'y aille en premier alors ?

— Tu sous-entends que je vais tomber là ?

— Tu as déjà grimpé aux arbres ?

— Essaie juste de suivre le rythme, Papa Ours.

Elle se laissa tomber, utilisant le siège du pilote pour amortir sa descente avant de s'agripper au bord du cadre du pare-brise et de se glisser dehors.

La fumée remplissait l'habitacle.

— Si j'arrive en bas en premier, je mériterais une récompense, dit-il en la suivant rapidement.

— Si tu arrives avant moi, je te donnerai un baiser.

— Et si tu gagnes ? demanda-t-il, se balançant par le bout des doigts au cadre du pare-brise, entendant l'hélicoptère entier gémir.

Les branches qu'elle avait utilisées risquaient d'être un peu trop fines pour lui. Il tendit les orteils vers une branche plus épaisse.

— Si je gagne... tu pourras dormir et *seulement* dormir avec moi pour que tu puisses me servir d'oreiller ce soir.

— C'est très cruel, se plaignit-il.

— Alors, ne perds pas, le taquina-t-elle.

Hollie, qui se trouvait déjà sur une branche en dessous de lui, avait enlevé ses sandales et remonté sa robe d'été, dévoilant ses jambes nues alors qu'elle descendait. Il se mit rapidement à la suivre, se servant de sa force brutale pour se laisser tomber sur une autre branche. Celle-ci supporta son poids.

Les branches qui se trouvaient plus haut frémirent, se pliant sous le poids soudain de cet intrus. Il jeta un coup d'œil vers l'hélicoptère, qui pendait au-dessus de lui et Hollie.

— Il faut qu'on quitte cet arbre, dit-il.

L'hélicoptère grinça et bougea, projetant des morceaux de branches et de feuilles.

— Oh, merde, murmura-t-elle en s'accrochant à un

tronc avant de le contourner pour s'élancer vers l'arbre suivant.

— Plus vite ! hurla-t-il, sautant de quelques branches pour la rejoindre. Elle avait hésité, attendant de voir où il se trouvait.

Il lui prit la main pour courir sur la grosse branche qui bifurquait. L'autre arbre était si proche et si loin à la fois lorsqu'un énorme craquement retentit au-dessus de leurs têtes. Ils n'avaient plus le temps. Andrei enroula un bras autour de la taille de Hollie. Son autre main saisit une liane et il l'enroula autour de son poignet.

Ayant perdu ses mocassins, ses orteils s'enfoncèrent dans le bois alors qu'il parcourait les derniers mètres de la branche avant de sauter.

Et oui, il poussa un cri de Tarzan. Ils atteignirent l'autre arbre juste à temps. Frémissant et grinçant, l'hélicoptère se mit à plonger, entraînant plusieurs branches avec lui, heurtant quelques arbres dont un qui se renversa complètement.

Lorsqu'un arbre tombe dans la forêt, le monde entier tremble, suffisamment pour qu'Andrei glisse de la branche sur laquelle il se tenait en équilibre et saute. Il dut attendre de se balancer en arrière avant que ses orteils ne raclent l'écorce. Il s'y agrippa et se cambra jusqu'à ce qu'il trouve son équilibre.

— Putain de merde, souffla Hollie. Je n'arrive pas à croire que cette liane ait tenu.

— Ça, c'était un exploit à la Tarzan ! s'exclama-t-il

avec un grand sourire en la reposant à côté de lui sur la branche épaisse.

Elle s'accrocha à lui pendant une seconde avant de marmonner :

— Je comprends mieux pourquoi tu perds tout le temps tes valises et abime tes vêtements.

— C'est bien la première fois que je les perds parce que mon moyen de transport s'est écrasé dans la jungle. La plupart du temps c'est surtout ma mère qui fout le feu à mes bagages.

— Je n'arrive pas à savoir si tu me prends pour une idiote ou si tu es sérieux.

Il sourit.

— Si je te prends tout court, ce sera très sérieux. Intense. Et agréable.

Elle rougit et pas à cause de la chaleur.

— Encore une fois, le ciel est contre nous, ce ne sont pas vraiment les bonnes circonstances.

— Bien au contraire. Tu as entendu ce qu'a dit notre pilote. Nous ne sommes probablement qu'à une heure de la prochaine ville. Ce soir tu te tordras sous les draps.

Il ne manqua pas de remarquer ses yeux qui se dilataient ni son souffle erratique. Il ne put résister à l'envie de se pencher vers elle, la gardant en sécurité près de la surface la plus large, là où la branche rencontrait le tronc.

— Dois-je te rappeler, Papa Ours, que tu n'as pas encore gagné notre pari ?

Elle l'esquiva et se libéra de son emprise.

— On se voit en bas, chantonna-t-elle avant de descendre vers une autre branche.

— Oh, que oui.

Car il comptait bien gagner ce baiser qu'elle lui avait promis.

Sauf qu'elle se montra très agile, se déplaçant rapidement, sa petite taille lui permettant de se réceptionner sur de nombreuses branches. Lorsqu'elle atteignit le sol, elle continua d'avancer, loin de l'épave, ce qui était intelligent.

Quand elle s'arrêta, ce fut soudain et elle enroula ses bras autour de son cou.

— J'ai gagné.

— Tu as gagné la course jusqu'en bas. Mais tu m'as aussi promis plus qu'un baiser si l'on ne mourait pas.

— On a besoin d'un lot de consolation ? demanda-t-elle, d'une voix assez timide.

— J'ai seulement besoin de toi.

Elle se mit sur la pointe des pieds et comme elle était encore trop petite, il la souleva pour qu'elle puisse plaquer sa bouche contre la sienne. Un baiser chaud. Doux. Leurs lèvres s'écartèrent.

Il gémit au contact de sa langue. Sentant son goût. Il la plaqua contre un arbre sans même y réfléchir à deux fois.

Sa main glissa sous sa robe, frôlant ses côtes pour atteindre son soutien-gorge. Son pouce caressa le bout de ses seins et il sentit son téton se contracter derrière le tissu.

Elle gémit et s'inclina vers lui, cambrant les hanches. Elle écarta les cuisses, les enroulant autour de ses jambes et les pressa.

Son désir paraissait frénétique et il savait pourquoi. C'était toute cette adrénaline après avoir survécu. Le grand frisson après avoir vaincu la mort. Désormais, elle avait envie de le célébrer en se sentant encore en vie.

Il se mit à genoux devant elle, remontant l'ourlet de sa robe.

— On ne devrait pas, dit-elle, haletante en enroulant ses doigts dans ses cheveux.

— Donne-moi une bonne raison de ne pas le faire.

— Manque de contraception.

— Je ne peux pas te mettre enceinte avec ma bouche ou mes doigts, dit-il en soufflant chaudement contre elle.

Il caressa sa culotte avec son nez et elle gémit. Son odeur. Cette moiteur. Cette excitation.

Elle ne pouvait pas le lui cacher. Elle se tordit de désir. Un désir qui la fit murmurer :

— Qu'est-ce que tu attends ?

Une fois la permission reçue, il arracha sa culotte avec ses dents, assez loin pour qu'elle tombe et ne le gêne pas. Il lui écarta les cuisses, relevant sa jambe pour la poser sur son épaule, l'exposant.

Il en profita pour laper son sexe mielleux, écartant

ses lèvres inférieures pour sentir sa chaleur frissonnante. Il trouva son clitoris et joua avec, frottant contre ce bout gonflé jusqu'à ce qu'elle halète son prénom et tire sur ses cheveux.

Il enfonça ses doigts en elle alors qu'il léchait et aspirait. Il la pénétra plus fort et sentit qu'elle se crispait autour de lui, son corps entier se contractant alors qu'elle ouvrait la bouche. Plus grand. Son souffle s'arrêta. Son corps entier se raidit.

Puis, elle jouit.

Tellement fort sur ses doigts. Contre sa bouche. Elle eut un orgasme, criant son prénom.

Et il ne s'était jamais senti aussi excité de toute sa vie.

Jusqu'à ce que quelque chose atterrisse sur sa tête.

CHAPITRE DOUZE

Ce n'est pas drôle, grommela-t-il pour la énième fois, les joues toujours aussi rouges.

— Je trouve ça adorable qu'un grand type fort comme toi ait peur des araignées.

— Pas celles de taille normale. Ce truc faisait la taille de mon poing ! Et elle était poilue ! s'exclama-t-il.

Il jeta un regard suspicieux vers les branches des arbres au-dessus de sa tête.

— Elle était hideuse.

— Et inoffensive pour notre espèce, je parie. Elle avait probablement plus peur de toi.

— J'en doute, dit-il avec une adorable grimace.

Elle se demanda si tout ça était dû à la frustration. Alors qu'elle venait d'avoir un orgasme épique, ce pauvre Andrei avait eu la peur de sa vie quand cette énorme araignée avait atterri sur sa tête, souhaitant l'explorer.

Les cris qu'avait poussés cet ours...

Si seulement elle avait pu l'enregistrer. À la place, elle avait cherché sa culotte sur laquelle se promenait un drôle d'insecte lorsqu'elle l'avait récupérée. Après réflexion, elle déboutonna sa robe.

— Je ne crois pas que ce soit une bonne idée de faire l'amour avec toutes ces choses autour de nous.

Il loucha à nouveau en direction de la voûte verte au-dessus de sa tête.

— Je dirais que nous ne sommes plus d'humeur à ça. Je ne peux pas marcher une heure sans chaussures ni sous-vêtements. Allons-y à quatre pattes.

— On sera nus en arrivant en ville, l'avertit-il.

— Ne me dis pas que ça ne t'est encore jamais arrivé.

Il haussa ses épaules larges.

— Si, tout le temps. C'est comme ça que je sais que les gens ont tendance à s'énerver quand tu débarques avec ton truc qui pendouille.

Elle posa la main sur sa hanche.

— Tu crois que ça dérangera quelqu'un, ça ? dit-elle en baissant rapidement les yeux sur sa silhouette à elle avant de le surprendre en train de la fixer.

C'était cruel. Mais elle se sentait puissante après son orgasme. Dans le contrôle.

— Tu ne peux pas laisser quelqu'un te voir comme ça, gémit-il. Parce qu'ensuite je devrais les tuer et ce sera difficile à expliquer.

Lui, jaloux ? Pour elle ? Elle aurait dû être au-dessus de tout ça. Pourtant, elle était ravie de l'apprendre.

— Prêt, Papa Ours ?

Elle s'avança plus près et pencha la tête sur le côté pour le regarder. Il brûlait presque de désir. Mais il n'était pas un animal.

Pas en ce qui concernait son excitation.

— Dès qu'on trouve un lit, mon ourse en sucre...

Il ne termina pas sa phrase. Il n'en avait pas besoin.

Elle se métamorphosa et n'attendit qu'une seconde pour s'assurer qu'il la suivait avant de s'élancer. Il y avait quelque chose de grisant à le voir la poursuivre. Il était immense comparé à elle. S'ils avaient dû se battre, il aurait pu la dominer juste avec sa taille. Et pourtant, ce grand type costaud s'était mis à genoux pour lui donner du plaisir.

Si elle reprenait forme humaine, là, tout de suite et lui demandait de recommencer, elle était prête à parier qu'il s'exécuterait.

La tentation ralentit ses pas et il la dépassa, un gros cul poilu et un reniflement qui la firent accélérer pour reprendre de l'avance.

Ce ne fut que lorsque l'odeur de la civilisation les frappa qu'ils ralentirent et devinrent plus prudents, suivant un mince filet de fumée jusqu'à une maison dans les bois. Elle était située dans un espace dégagé et une corde à linge tendue ployait sous le soleil.

Pendant qu'il faisait le guet, elle se dirigea vers les vêtements qui séchaient, se cachant derrière un drap suspendu. Elle prit ce qui était le plus proche et le plus accessible. La chemise à boutons trop grande lui arrivait juste au-dessus des genoux une fois enfilée, elle était assez volumineuse pour qu'elle attrape un collant et s'en serve comme ceinture. Elle renonça aux sous-vêtements.

Même si elle aurait pu enrouler sa chemise autour d'elle plusieurs fois, un tee-shirt en coton qui paraissait presque aussi grand convenait à peine à son ours. Quant au pantalon ? Elle se mordit la lèvre pour ne pas éclater de rire tellement il était moulant et court sur lui.

— Je ferais peut-être mieux de me confectionner un pagne.

Elle faillit l'encourager et lui dire « *fais-le* ». Il serait merveilleux sans chemise et en ne portant qu'une simple serviette sous la taille.

— Il faut qu'on bouge avant que quelqu'un ne remarque qu'on a volé ses affaires.

— Une fois que j'aurais mis la main sur un téléphone avec une application d'achat de vêtements en ligne, rappelle-moi d'envoyer quelque chose ici, déclara-t-il alors qu'ils suivaient le sentier qui menait jusqu'à une route.

— Avec quoi ? Tu as perdu ta carte de crédit durant le crash.

— Étant donné que ça m'est déjà arrivé, j'ai mémorisé les infos de connexion de quelques plateformes d'achats en ligne avec mon numéro de carte.

— Pratique. Connais-tu également les infos d'un service en ligne qui assure le sauvetage en pleine jungle ?

— On va s'en sortir.

Elle ricana.

— Ton optimisme est stupéfiant. Mais je ne préfère pas compter sur la chance. J'emprunterai un téléphone au prochain village et j'appellerai le Clan pour obtenir de l'aide.

— Je ne te le recommande pas. À l'heure qu'il est, ma mère a probablement déjà été en contact avoir ton roi. Il sera obligé de lui transmettre notre position.

— Arik ne dira rien si on lui demande de ne pas le faire.

— Ma mère lui tirera les vers du nez. C'est un de ses supers-pouvoirs. Elle te fixe, encore et encore, jusqu'à ce que tu dévoiles tous tes secrets.

Elle ricana.

— Elle a surtout le don de te faire culpabiliser plutôt que des supers-pouvoirs. T'es vraiment un fils à maman.

— Est-ce un problème ?

— Je ne sais pas. Tu crois ? Je te rappelle que c'est toi qui as insisté pour qu'on prenne l'avion jusqu'en Amérique du Sud pour fuir.

— Ou alors j'ai simplement trouvé une excuse pour partir en vacances avec mon ourse en sucre.

— Des vacances, ça implique une chambre avec salle de bains, draps et cocktails.

— Je te promets que ce soir on dormira dans un lit.

— Des vacances c'est aussi prendre des selfies et les poster en ligne avec des hashtags stupides.

— Si tu as envie de poster des photos, on peut. Au moins, comme ça, ils auront quelque chose de récent à utiliser quand ils chercheront ta dépouille.

Elle lui donna un petit coup.

— Arrête de dire que ta mère va me tuer. Surtout que tu ne feras apparemment rien pour l'en empêcher !

Hollie en avait assez de ses prédictions macabres.

— Si, j'agis. Je vous maintiens éloignées l'une de l'autre.

— Pourquoi es-tu si convaincu que ta mère va immédiatement me détester ? Est-ce que c'est parce que je suis une lionne ?

— En partie. Mais surtout parce qu'un jour tu seras ma femme.

— Q-q-quoi ? finit-elle par bégayer.

Mais il n'expliqua pas ce qu'il voulait dire par là. Il continua son chemin, sifflotant, un vagabond pieds nus qui avait un sourire aux lèvres.

Et elle tomba amoureuse en une seconde.

Ils entrèrent dans le village, les orteils pleins de poussière avec ce pauvre Andrei qui ruisselait de sueur. Le gros ours russe habitué à un climat plus froid ne s'en sortait pas si bien dans la chaleur humide de la jungle. Elle, en revanche, adorait la chaleur. Que ce soit dans un pays tropical ou en étant blottie contre quelqu'un.

Le village, un endroit avec ce qui semblait être une vingtaine de bâtiments, était plus animé qu'elle ne l'aurait cru. Des gens de toute taille déambulaient, certains portant des paniers et sacs. Les enfants couraient après des ballons ou ensemble. Les animaux se promenaient librement ; des poules, un cochon, quelques chèvres. Les scooters passaient en vrombissant, ainsi que des charrettes tirées par des mules et autres bêtes de somme.

Ce ne fut que lorsque le village entier sembla s'arrêter et que tout le monde se mit soudain à les regarder qu'elle se demanda si des étrangers venaient souvent leur rendre visite. Et à pied, en plus. Probablement pas beaucoup. À moins que leurs regards hostiles ne soient dus aux vêtements qu'elle et Andrei portaient et qu'ils reconnaissaient ?

Plus ça durait, plus elle était troublée.

Andrei brisa le silence.

— Bonjour. Je m'appelle Andrei Medvedev. Je cherche ma nounou Mila Miskouri. Quelqu'un sait où je peux la trouver ?

— Medvedev, marmonna quelqu'un.

Les chuchotements dans la foule se multiplièrent, mais pas en anglais et elle ne comprit donc pas ce qui se disait. Les villageois s'écartèrent pour former un cercle autour d'eux, l'air furieux.

Hollie se rapprocha d'Andrei.

— Qu'est-ce qui se passe ?

— Je ne sais pas, mais vu leurs têtes, ils sont en colère.

— Est-ce qu'ils savent que l'on a volé ces vêtements ?

Elle baissa les yeux sur sa tenue. Peut-être que sa chemise en coton bleu clair leur était familière.

— Nous n'avons fait de mal à personne. Je le jure. Même si le pilote de notre hélicoptère est mort à cause du crash. Mais nous n'avons rien à voir là-dedans, dit-elle en levant les mains en l'air pour prouver son innocence.

— Je ne suis pas sûr que ça aide, marmonna-t-il alors que la foule se rapprochait.

Andrei mit un bras autour de ses épaules et tendit son autre main libre.

— Restez où vous êtes.

— Vous êtes en état d'arrestation, cracha l'un des hommes plus âgés dont les cheveux étaient saupoudrés de gris.

— Pour quel motif ? Je n'ai pas tué notre pilote. Et si c'est pour les vêtements, nous les avons simplement empruntés, je prévoyais déjà de les rembourser généreusement dès que je récupèrerai un téléphone.

— Tu es un Medvedev. Tu connais Lada ? demanda le type qui dirigeait la foule.

— Ouais je la connais. C'est ma sœur, marmonna-t-il d'un air peiné. Vous l'avez vue ?

— Oui. Et en raison des agissements de votre sœur, vous êtes en état d'arrestation. Emmenez-le, dit l'homme en le pointant du doigt et les villageois s'approchèrent, machettes et bâtons en main.

Hollie évalua rapidement les options qui s'offraient à elle. Se battre ? Non, il y avait trop d'humains présents. Elle ne pouvait pas se transformer pour s'offrir un avantage. Andrei non plus. Ils pouvaient essayer de se battre, mais sans les aptitudes de combat de leurs bêtes, ils seraient dépassés. D'autant plus qu'ils ne pouvaient tuer personne. Cela attirerait trop l'attention.

— J'accepte de venir avec vous, mais vous ne touchez pas à ma femme.

Sa femme ? Elle regarda Andrei qui restait de marbre face au vieil homme qui s'avançait plus près.

— Elle ira aussi en prison en tant que complice.

La foule s'enhardit et s'approcha à distance de frappe.

Andrei se raidit et murmura :

— Reste derrière moi. Je gère.

— Comme si j'allais te laisser te battre tout seul. Tu prends les douze sur ta gauche et moi je m'occupe de ceux à droite. Celui qui finit en premier s'occupe du reste.

— Je ne laisserai personne te faire du mal, promit-il d'un air solennel alors que les villageois se rapprochaient.

Une foule pour l'instant courageuse car ils n'avaient aucune idée de ce à quoi ils faisaient face.

Hollie serait-elle prête à mourir pour garder son secret ? Elle doutait que ce soit le cas d'Andrei.

Il n'agit pas jusqu'à ce que Hollie couine parce que quelqu'un avait jeté une pierre qui l'avait heurtée.

En entendant son cri de douleur, Andrei s'étira, devenant plus grand, même s'il empêchait sa fourrure d'apparaître. Ses doigts furent remplacés par des griffes et elle était prête à parier que s'il ouvrait la bouche, il aurait des dents acérées.

Cela ne dura que quelques secondes, puis il pivota. Poussant un rugissement, il chargea la foule.

Ce qui déclencha les cris. Ceux qui ne souhaitaient pas se battre s'enfuirent, dispersant les poulets et les chiens, prenant les enfants dans leurs bras. Ceux qui étaient assez courageux pour affronter un homme enragé se précipitèrent vers Andrei qui les frappa, cassant probablement quelques os au passage. Mais vu qu'ils essayaient de le foutre en prison, c'était plutôt compréhensible.

Quelqu'un courut même vers Hollie, une femme au regard sauvage avec un couperet. Hollie intercepta son bras, tenant la lame loin de son visage, ignorant le cri de son assaillante. Elle allait devoir blesser cette femme qui sentait le vomi de bébé et la farine.

Un sifflement aigu fendit l'air et la personne contre laquelle elle luttait se raidit avant de se détendre. Un autre sifflement incita la foule à se calmer. Partout autour d'eux, les combattants se relevèrent, gémissant et serrant leurs membres blessés.

Personne n'était mort ou gravement blessé. Certains d'entre eux jetèrent un regard noir à Andrei qui leur montra les dents, ses vraies, en en faisant sursauter quelques-uns tandis que d'autres faisaient un signe de croix.

Le leader du groupe partit affronter la vieille dame qui était entrée sur la place du village avec son puits bordé de pierres. Hollie s'assit au bord de celui-ci et but une gorgée du seau d'eau. Elle observa, essayant de comprendre ce qui venait de se passer.

La vieille dame fit fuir l'homme qui gesticulait et jacassait. Le leader du groupe se renfrogna et partit, laissant derrière lui Mila Miskouri, qui s'appuyait lourdement sur une canne, vêtue d'un pull épais. Elle avait un bleu sur le visage.

— Nounou.

Andrei, qui n'était plus cette redoutable demi-bête mais l'homme souriant et jovial qu'elle avait appris à connaître, fit un pas vers la femme. Miskouri l'observa un instant, les lèvres pincées.

— Encore un Medvedev qui cause des problèmes.

— Ce n'était pas de ma faute. Ils m'ont attaqué en premier, marmonna-t-il en faisant une petite moue boudeuse.

— Seulement à cause de ce que ta sœur m'a fait.

Le visage d'Andrei se crispa.

— Elle t'a fait du mal ?

En la voyant acquiescer, Andrei baissa la tête et Hollie pouvait sentir la honte qu'il éprouvait.

— Je suis désolé.

Mila Miskouri poussa un long soupir avant de lui dire :

— Je sais. Et tu n'es pas à blâmer pour ses actions. Allons parler en privé.

La villageoise avec le couperet gesticula avec véhémence, mais Miskouri ne prononça qu'un seul mot et la femme se tut.

Ils suivirent sa silhouette lente, s'appuyant difficilement sur sa canne, jusqu'à ce qu'ils atteignent la lisière de la jungle. Puis, Miskouri se redressa et elle se mit à balancer sa canne plutôt que de l'utiliser. La nounou d'Andrei leur jeta un coup d'œil par-dessus son épaule.

— Avant que vous ne me posiez la question, oui je faisais semblant. Il faut que je ralentisse ma guérison, sinon les villageois vont comprendre que je suis différente.

Car Miskouri, avec ses cheveux bouclés principalement gris et ses traits sombres légèrement ridés, était une métamorphe. Un genre d'ours, mais ce n'était pas une odeur qu'elle avait déjà sentie auparavant.

— Qu'est-ce que vous êtes exactement ? demanda Hollie.

Elle préférait être franche plutôt que de passer pour une ignorante plus tard.

— Une Ande. Certains nous appellent les ours à lunettes. Nous sommes rares. Tellement rares que je n'en connais qu'un autre comme moi.

— Est-ce que ça veut dire que vous êtes en voie d'extinction ? demanda Hollie.

Quelques lignées de métamorphes avaient fini par disparaître au fil des siècles. Les aigles étant les plus récents. Ils avaient aussi perdu les dauphins. Soit ça, soit ils ne venaient tout simplement plus sur le rivage.

Miskouri pointa sa canne en répondant :

— C'est possible. À moins que quelque part, un jour, un gène récessif ne s'active.

Car le mélange d'espèces ne donnait que rarement lieu à des hybrides.

La plupart du temps, l'enfant se liait plus étroitement à une forme animale qu'à une autre. C'était souvent avec le gène dominant, comme la couleur des yeux ou les taches de rousseur. Mais ça ne voulait pas dire que l'autre animal disparaissait complètement.

— Nous avons une tante qui, malgré le fait d'avoir deux parents lions, est née avec des rayures orange. Ça a provoqué un vrai scandale jusqu'à ce que le test ADN ne prouve qu'elle était bien leur fille.

— Nous avons déjà effectué quelques tests ADN pour Lada, car nous n'avons jamais compris comment elle pouvait faire partie de notre famille, dit Andrei avec légèreté, mais Hollie sentit que c'était plus sérieux que ça.

— Ta sœur est vraiment si affreuse que ça ?

Il agita la main vers sa nounou.

— Tu n'as qu'à lui demander.

— J'ai bien peur qu'elle ne soit ce qu'on appelle

une mauvaise graine. Presque toutes les familles en ont une. Une personne qui n'a pas la même morale que les autres. Qui ne pense qu'à elle et ne se soucie pas du mal qu'elle fait.

— Vous avez cru qu'elle avait changé, dit doucement Hollie.

— Oui et je suis tombée dans le panneau. Lada est venue ici en prétendant qu'elle voulait me rendre visite car elle se sentait nostalgique. J'aurais dû me méfier. C'était déjà une sale gosse vicieuse à l'époque et c'est désormais pire maintenant qu'elle est adulte, répondit Miskouri avec véhémence.

— Lada t'a frappée, déclara Andrei et Hollie pouvait voir la tension qui palpitait en lui.

— Pas elle, mais sa bande. Elle est restée là à les regarder m'attaquer. Elle n'a rien fait pour les arrêter non plus.

— Quelle bande ? demanda Andrei.

Miskouri pinça les lèvres.

— Ta sœur travaille avec des humains.

Ce qui le conduisit à poser une autre question, la plus importante.

— Sont-ils au courant pour nous ?

Enfant, la première leçon qu'avait reçue Hollie sur le fait d'être métamorphe, était de ne jamais révéler ce qu'ils étaient.

— Je ne sais pas. Ils n'ont pas agi comme s'ils le savaient en tout cas. Et Lada n'a rien fait d'inhumain. Et moi non plus. J'aurais pu les arrêter sinon.

Miskouri porta une main à sa joue meurtrie. Ils avaient dû la frapper très fort pour que celle-ci soit encore si foncée.

— Que voulaient Lada et sa bande ? lui demanda Andrei.

— Un livre.

Il se figea.

— Celui que tu nous lisais quand nous étions enfants ?

— Oui. Ta sœur l'a volé.

CHAPITRE TREIZE

Le fait de savoir qu'il venait de rater sa sœur contraria beaucoup Andrei.

Surtout parce qu'en voyant le visage meurtri de sa nounou, une femme que sa sœur et lui avaient déjà serrée dans leurs bras et, du moins de son côté, aimée, il se demanda si Lana était vraiment si dépravée. Elle avait quand même l'habitude d'avoir des limites. N'avait-elle donc plus aucune morale ?

— Où est-elle partie ? demanda-t-il.

Parce que si Nounou était encore blessée, ça ne devait pas être arrivé il y a longtemps.

— J'imagine qu'elle est retournée en ville. Elle est arrivée dans un gros 4x4 ce matin avec sa bande, armée jusqu'aux dents. Elle est partie une heure plus tard de la même façon.

— Elle n'a donc que quelques heures d'avance.

D'après le soleil de fin d'après-midi, c'était un peu plus.

— Est-ce que tu sais si on pourrait emprunter ou acheter un véhicule non loin ?

— Qu'est-il arrivé au vôtre ? Ne me dites pas que vous avez marché, dit Nounou en regardant leurs pieds.

— Seulement après que notre hélicoptère se soit crashé.

Il lui expliqua rapidement ce qui s'était passé.

— Tsss, dit Nounou. Tout le monde sait qu'il ne faut pas prendre de raccourci au-dessus ces grottes.

Elle bifurqua sur un chemin de terre qui avait été récemment emprunté, les arbustes qui le bordaient étant fissurés et déchirés, comme si quelque chose de gros s'était frayé un chemin.

La ligne de buissons et d'arbres s'arrêtait à l'orée d'une clairière.

Sa nounou ne vivait pas dans une cabane dans les arbres ou dans une hutte de boue et d'herbe. Elle avait fait construire une vraie maison avec un extérieur en stuc et un toit en bardeaux sur lequel étaient posés quelques panneaux solaires, et un porche d'entrée avec moustiquaire. À l'intérieur, elle avait opté pour un style balnéaire avec beaucoup d'osier et d'éléments de décor aquatiques – tels que des coquillages et des créatures en porcelaine éparpillées sur les surfaces. La cuisine donnait sur un coin salon avec un canapé et une table basse.

Andrei vit deux autres portes, dont une à travers laquelle il distingua du carrelage. Une salle de bain. Il espérait qu'elle était équipée d'une douche car il n'y avait pas d'air conditionné. Seulement un ventilateur paresseux qui tournait lentement au plafond.

— Vous voulez de la limonade ? Des cookies ? demanda Nounou.

— Oui, s'il te plaît.

Il se mit presque à baver.

Puis, il goûta la limonade, qui n'était que du citron acidulé sans sucre. Les cookies semblaient constitués de graines et paraissaient sains. Un peu secs, sans sucre ni sel. Il fallait juste beaucoup mastiquer.

Hollie grignota sans faire la moindre grimace et sourit à sa nounou.

— Merci de nous avoir sauvés. Nous ne savions absolument pas ce qui nous attendait en venant ici.

Il aurait pu ricaner. Il savait ce qui se passait partout où il allait. C'était le chaos. Ce que, finalement, il ne préférait pas préciser. Hollie lui avait bien fait comprendre qu'elle n'aimait pas les histoires.

Nounou but la limonade sans contracter les joues.

— J'ai grandi dans un village comme celui-ci. Il a été rasé il y a environ deux décennies. Mais quand je suis partie à la retraite, je ne pouvais pas m'empêcher d'y penser.

— C'est joli ici, dit Hollie.

— Si l'on ignore le fait que les araignées sont énormes, marmonna Andrei.

Nounou lui jeta un regard perçant.

— Euh, pardon. Où sont tes bonnes manières ? Je suis en train de discuter avec la jeune femme.

— Pardon.

Il baissa la tête.

— Pff.

Sa nounou se retourna vers Hollie.

— Nous n'avons pas vraiment fait les présentations. Je m'appelle Mila Miskouri, mais tu peux m'appeler Nounou.

— Moi, c'est Hollie.

— Quel joli prénom, dit Nounou en tapotant la main de Hollie. Alors, raconte-moi comment ça se fait que tu sois ici avec le petit Andrei. Tu l'aides à localiser sa sœur ?

Petit ? Sa nounou avait-elle besoin de lunettes ?

— On ne savait même pas qu'elle était en Amérique du Sud. À vrai dire nous sommes venus à cause d'une vieille clé qui a refait surface. Andrei pensait avoir reconnu un symbole dessus.

Elle ne mentionna pas tous les problèmes qu'avait engendrés ladite clé.

— Lada aussi m'a parlé d'une clé, mais au début je ne comprenais pas de quoi elle parlait. Puis elle a commencé à me poser des questions sur le conte de la princesse.

— Quel conte de la princesse ? demanda Hollie.

Sa nounou regarda Andrei.

— Tu t'en souviens ?

Il secoua la tête.

— C'est une histoire simple, une variation d'une histoire racontée dans le monde entier, sur un prince qui est un monstre et une princesse qui l'aime. Mais ils ne peuvent pas être ensemble tant qu'il n'a pas trouvé un sort qui le transforme en homme.

— Qu'est-ce que cette histoire a à voir avec la clé ? demanda Hollie.

— Dans le livre, le coffre qu'il trouve nécessite une clé. Une clé spéciale gravée de symboles magiques.

— Car la serrure ne peut pas être crochetée et le coffre ne peut pas être ouvert par effraction, ajouta Andrei.

Nounou hocha la tête.

— Tu t'en souviens un peu alors.

— Je me souviens que je n'aimais pas le fait que ce soit une histoire d'amour, grimaça-t-il. Pourquoi voudrait-on être autre chose qu'une bête ?

— Tout le monde n'aime pas ce qu'il est. Ta sœur par exemple, n'a jamais aimé être une ourse.

— Elle n'aimait pas beaucoup de choses, remarqua Andrei.

Elle détestait tout et tout le monde. Lada se plaignait tout le temps et il ne l'écoutait pas. Mais peut-être aurait-il dû. Il aurait dû l'écouter quand elle disait qu'elle n'était pas à l'aise avec son corps.

— Croit-elle que cette clé la mènera vraiment à un coffre magique qui contient un remède qui l'empêchera d'être une ourse ?

Sa nounou haussa les épaules.

— Elle ne l'a pas précisé. Mais elle veut cette clé.

— Dommage, comme c'est triste. Elle ne l'aura pas, dit Hollie.

— Vous l'avez ? demanda Nounou.

— Plus ou moins, répondit Hollie qui resta évasive. Je l'ai laissée dans un endroit sûr car j'avais peur qu'on nous la vole ou que je la perde durant le voyage.

Et dire qu'il pensait qu'elle l'avait avalée. Ce n'était pas la cachette la plus confortable, mais ça fonctionnait. Il n'avait juste pas envie de parler de l'inconfort au moment du retrait.

— Tu l'as vue, en revanche, dit sa nounou en se penchant plus près. Tu veux bien me la décrire ?

— Je peux essayer, répondit Hollie avec hésitation. Elle était à peu près de cette taille, expliqua-t-elle en écartant les mains avant de les rapprocher puis de les écarter à nouveau. Je crois.

Cela risquait d'être pénible alors Andrei l'interrompit.

— Je peux faire mieux. J'ai simplement besoin d'un papier et d'un crayon.

— Et le mot magique ?

— S'il te plaît.

En peu de temps, il dessina la clé, puis une version plus grande du symbole qu'il avait retenu.

Sa nounou lui prit le papier des mains et le regarda de plus près. Elle ne dit rien pendant un log moment avant d'annoncer :

— Je comprends pourquoi tu es venu chercher le livre.

— C'est le même symbole que dans l'histoire, dit Andrei.

— On dirait bien, oui.

— Au moins, maintenant, nous savons pourquoi certaines personnes sont à la recherche de cette clé. Elle semble ouvrir une sorte de boîte au trésor.

— Ah oui ?

Sa nounou émit un doute.

— Jusqu'à ce que ta sœur débarque et maintenant toi, ce n'était qu'une simple histoire. Je n'ai jamais entendu dire que la clé était réelle. Et sommes-nous vraiment sûrs qu'il existe une boîte magique quelque part qui contienne un moyen d'éradiquer la bête en nous ?

— Est-ce si farfelu que ça quand on sait qu'il existe des médicaments qui peuvent tout supprimer ? Et dans le livre n'était-ce pas une solution permanente et non quelque chose qui s'estompe avec le temps ? lui rappela-t-il.

Hollie s'était levée de sa chaise pour faire les cent pas, les bras enroulés autour de la taille.

— Lada est manifestement convaincue qu'elle existe. Mais ses agissements paraissent extrêmes étant donné que tout ce qu'elle recherche c'est un sort pour la rendre humaine.

— Est-ce vraiment elle qui le veut ? demanda

Nounou. Je ne suis pas certaine qu'elle agisse de son plein gré.

— Tu penses que les humains la manipulent ?

Andrei eut envie de s'accrocher à ce mince espoir, espérant qu'au fond, sa sœur n'était pas si diabolique.

— Je pense qu'il y a beaucoup de choses que nous ne savons pas sur cette situation, à part que certaines personnes courent après une clé issue d'un livre pour enfants.

— Et font preuve de violence en cours de route, marmonna-t-il.

— Pourquoi avoir pris le livre ? demanda Hollie. En quoi cela peut-il l'aider ? Est-ce qu'il y a une sorte de carte à l'intérieur ?

— Je ne crois pas.

Andrei se creusa la tête pour se souvenir des illustrations.

Mais sa nounou s'en souvenait mieux que lui.

— Il n'y a pas de carte. Cependant, il y a plusieurs indices tout au long de sa quête.

— Quelque chose à propos d'une plage puis d'un volcan.

Andrei fronça les sourcils en essayant de se rappeler.

— Tu as oublié la grotte avec les pièges et le monstre devant le coffre, ajouta sa nounou.

— Est-ce que le lieu où se déroule l'histoire est mentionné ? demanda Hollie en se tapotant la lèvre inférieure. Même sans la clé, Lada pourrait partir à la recherche du trésor.

— Si on savait où elle allait, on pourrait l'arrêter, dit Andrei en se levant d'un bond.

Nounou leur fit rapidement comprendre que ce ne serait pas simple.

— J'ai toujours cru qu'il s'agissait d'un endroit imaginaire puisque cela parlait d'un désert froid et brûlant, d'un avion en diamant, de falaises au bout du monde.

Hollie grimaça.

— Ç'aurait été plus utile d'avoir un ensemble de coordonnées.

— Il suffit de résoudre l'énigme, dit Andrei d'un ton plus optimiste.

— Si c'était si simple, on l'aurait déjà trouvé, remarqua Hollie d'un ton sceptique.

— Si tu veux mon avis, il vaut mieux qu'il reste caché.

Il avait lui aussi voulu trouver ce que la clé ouvrait, jusqu'à ce qu'il apprenne la vérité. Transformer un magnifique métamorphe en un simple humain ?

Jamais. L'idée même l'horrifiait.

C'était pour quoi Lada et ses acolytes humains ne devaient pas mettre la main dessus. Même s'il n'était pas du genre à céder aux théories du complot, si les humains découvraient comment éradiquer son espèce, cela ne présageait rien de bon. Ce serait la fin de tout.

— Comme nous ne savons pas où aller, on ferait

mieux de retrouver la trace de Lada. Tu as dit qu'elle était partie ce matin. Probablement pour retourner en ville et s'envoler vers sa prochaine destination.

— Pas d'après mes sources non. Apparemment, ils ont eu un pneu crevé, qu'ils ont mis du temps à réparer. Et pendant ce temps, la rumeur s'est répandue concernant ce qu'ils m'ont fait. Ils sont actuellement en train de marcher à pied après avoir eu un accident avec leur SUV qui a percuté un arbre.

— Ce qui veut dire qu'on peut les rattraper.

— Ou les devancer, déclara sa nounou. Aux dernières nouvelles, ils avancent en direction du Nord vers les voies ferrées. Il y aura un train qui passera à travers ces montagnes demain matin.

— Est-ce qu'on pourra atteindre le train avant eux ? demanda Andrei.

— Ça dépend si vous avez peur du vide ou non.

— Donne-moi une cape et je suis prêt à sauter de n'importe où, déclara-t-il en se tapant la poitrine.

Hollie en revanche, joua la carte de la prudence.

— Je suppose que ce que vous suggérez ne va pas nous tuer ?

— Les accidents sont rares. Et je croyais que les chats retombaient toujours sur leurs pattes ? dit la nounou en observant Hollie qui secoua la tête.

— Pourquoi les ours pensent-ils tous ça ? marmonna-t-elle.

— Quand partons-nous ? demanda-t-il.

— À minuit. Vous pourrez partir sans qu'aucun de leurs guetteurs ne vous voie.

Comme il n'était même pas encore cinq heures, ils eurent le temps de se laver, de s'habiller avec l'aide de Nounou, de manger – et de rendre tout ça presque comestible une fois qu'il eut ajouté une tonne de sel – avant d'envisager faire une sieste.

Mais ce qu'il ne put obtenir, ce fut un peu de temps seul avec Hollie. Cette malédiction qui l'empêchait de l'embrasser correctement continua avec sa nounou qui avait tendance à débarquer aux moments les plus inopportuns.

À la seconde où sa vieille nourrice sortit pour prendre l'air avant d'aller dormir, il attira Hollie dans ses bras pour un long baiser.

Quand il la laissa enfin respirer, elle parvint à haleter :

— On ne devrait pas. Ta nounou peut arriver à tout moment.

— À moins qu'elle ne soit sortie pour nous laisser un peu d'intimité.

Il ondula des sourcils juste au moment où sa nounou qui n'arrêtait pas de lui casser son coup, entra dans la maison.

— Pas de ça chez moi, dit-elle en agitant une baguette avant de lui taper sur la main avec. Pas sous mon toit tant que vous n'êtes pas officiellement en couple.

— Euh, quoi ?

— Une dame ne s'offre pas sans engagement. Tout comme un gentleman ne le demande pas non plus, dit Nounou en levant le menton. Viens, Hollie. Tu ferais mieux de te reposer avant votre aventure. Tu partageras la chambre avec moi.

— Mais...

Il n'y avait pas de « mais ». Nounou tira Hollie jusqu'à son lit pendant qu'Andrei dut se tasser sur l'inconfortable canapé en osier. Il s'était préparé à passer la pire nuit de sa vie lorsque Nounou sortit de sa chambre en grognant :

— Elle a le sommeil agité.

— Je sais.

— Bouge de là.

Nounou le vira du canapé et il prit le lit. Il se faufila sous les draps et Hollie lui grimpa immédiatement dessus.

— C'est pas trop tôt, j'ai cru qu'elle ne partirait jamais, murmura-t-elle contre son torse.

Et même si ses couilles bleues allaient probablement finir par tomber, il n'avait jamais été aussi heureux.

CHAPITRE QUATORZE

Le bonheur c'était de se réveiller sur le torse d'Andrei. Mais le pur bonheur aurait été de pouvoir faire quelque chose pour cette érection qui pointait vers elle.

— Levez-vous et dépêchez-vous si vous voulez avoir ce train, piailla soudain la nounou, mettant fin à tout projet de sexe matinal.

Ils étaient vraiment maudits.

Nounou leur donna un encas rapide puis leur ordonna de se métamorphoser.

— Quoi ?

— Vous grimperez plus rapidement la montagne jusqu'au sommet.

— On sera nus en arrivant, souligna Hollie.

— Non.

Nounou leur avait préparé deux sacoches avec des vêtements non volés et plus adaptés à leur taille. Ils passèrent les sangles du sac autour de leurs épaules après s'être métamorphosés.

Nounou les serra tous les deux dans ses bras puis gloussa lorsque Andrei frotta sa truffe mouillée d'ours contre elle.

— Rappelez-vous, grimpez tout en haut de la montagne jusqu'au creux en V entre les deux sommets. Une fois là-bas, c'est un court saut jusqu'au sol et la voie ferrée.

Ça paraissait si simple qu'elle se demanda pourquoi ils n'avaient pas pris cette route pour venir jusqu'ici. Jusqu'à ce qu'elle comprenne une fois qu'ils atteignirent le col entre les deux bosses montagneuses. Là-haut, il y avait une cabane avec une bobine et un câble qui s'étendait du point où elle était implantée dans la roche jusqu'au bord de la falaise. Une falaise très abrupte.

— Pitié, dis-moi qu'il y a une jolie petite nacelle dans laquelle nous sommes censés monter, dit-elle pendant qu'ils se changeaient à l'abri des regards.

— Je crois qu'il n'y a que ces sangles, indiqua-t-il en pointant du doigt les boucles de suspension accrochées à un crochet à côté de l'étrange appareil.

— On va mourir.

— Ou vivre une belle aventure.

— Ce n'est pas parce que tu qualifies la mort de belle aventure que ça la rend plus attrayante, tu sais.

Il l'attira plus près.

— Je ne te laisserai pas tomber.

— Je sais. Mais quand même..., dit-elle en posant la tête sur son épaule. La plomberie me manque.

— Et moi ça me manque de dormir dans un vrai lit, se plaignit-il.

Où ils pourraient se faire des câlins. Nus. Et sans être interrompus.

— Bientôt, mon ourse en sucre, ajouta-t-il. On en aura bientôt fini avec tout ça et on pourra profiter d'une vie tranquille.

— Pas trop tranquille non plus, j'espère.

Elle serra ses fesses dans sa main, apprécia son air surpris et se dirigea vers la cabane. Celle-ci était tenue par une femme corpulente et son conjoint. Ils étaient tous les deux épais et forts. Ils étaient également de durs négociateurs qui prirent presque tout ce que Miskouri leur avait donné avant leur départ.

Puis, ils leur donnèrent quelques instructions avec un fort accent.

— Accrochez-vous jusqu'à ce que vous arriviez en bas.

— C'est tout ? On n'a pas de harnais de sécurité ? Pas de « *Ne vous inquiétez pas, ce n'est pas haut* » ?

— Si, c'est haut. Accrochez-vous.

Le sourire édenté ne fit rien pour la rassurer.

— Accroche-toi à moi mon ourse en sucre. Je m'en occupe.

Même si Hollie en avait très envie, cela risquait d'être trop lourd pour lui.

— Je peux le faire.

Elle était forte.

Elle s'accrocha à la sangle, prit une grande inspiration et avant même qu'elle n'ait le temps d'expirer, le câble fit un bond et la tira en avant, entraînant ses pieds par-dessus bord alors qu'elle hurlait.

— Hollie !

Elle entendit la panique dans la voix d'Andrei avant qu'il ne marmonne :

— J'aurais dû y aller en premier.

Parce qu'il pensait qu'elle avait besoin d'être secourue.

Elle serra les dents et s'accrocha. Elle pouvait le faire. Combien de temps allait-elle mettre pour atteindre le sol ?

Plus longtemps qu'elle n'aurait voulu. Elle eut le temps de voir le train arriver au loin, ses phares brillants dans l'obscurité. Ils l'auraient de justesse.

Après ce qui sembla lui durer une éternité, le sol se rapprocha, ainsi qu'une autre cabane d'où un homme de petite taille, une cigarette aux lèvres, sortit. Il plissa les yeux vers eux avant de crier :

— Sautez !

Baissant les yeux, elle vit que le sol était encore trop loin.

— Sautez et courez sinon vous n'aurez pas le train ! dit-il avec un fort accent.

Encore trois mètres. Deux mètres. Elle sauta et tomba sur les genoux.

Elle fit un pas en titubant puis sentit qu'on lui

prenait la main alors qu'Andrei la dépassait, l'attrapant au passage.

— Cours, mon ourse en sucre. Cours comme si des abeilles te pourchassaient.

Ce n'était peut-être pas le moment de lui signaler qu'elle n'avait jamais dérangé un nid d'abeilles puisqu'elle n'était pas une idiote. Elle leva les genoux et courut avec lui, visant la légère inclinaison sous les rails. Elle entendit le train s'approcher ainsi qu'un sifflement aigu avec l'impression que quelque chose se déployait au-dessus de leur tête.

Avant qu'elle ne puisse poser la question, Andrei lui dit :

— Ce sont des marchandises.

Car ils utilisaient une route de contrebandiers.

Ils coururent parallèlement aux rails alors que le train passait à toute allure, le vent les entraînant avec lui.

Elle vit les poignées accrochées aux wagons. L'idée était simple : s'accrocher et monter.

Mais le train avançait rapidement. Elle tendit la main et rata sa cible, la poignée lui échappant, la faisant trébucher. Un bras s'enroula autour de sa taille et la souleva. Andrei avait réussi à attraper la poignée derrière elle.

Il la serra contre lui et s'exclama :

— Tu as réussi mon ourse en sucre !

— Tu as déjà fait ça auparavant, non ? lui demanda-t-elle.

— Peut-être une douzaine de fois. J'adore les trajets lents et pittoresques. Trouvons un endroit pour nous cacher.

— On ne ferait pas mieux de guetter l'arrivée de ta sœur ?

— Ça ne sera pas encore avant un moment. Viens.

Il leur trouva un petit coin dans un wagon au passage étroit entre plusieurs sacs de grains. Ils firent office de matelas agréable lorsqu'ils grimpèrent dessus.

— On a combien de temps avant de devoir faire le guet ? demanda-t-elle alors qu'ils s'étiraient.

— D'après ce qu'a dit ma nounou, je dirais quelques heures.

— Ce n'est pas toi qui as dit que tu n'avais besoin que de vingt minutes ?

C'était audacieux, mais vu ce qui leur était arrivé à chaque fois…elle préférait employer le passé.

— J'ai peut-être menti. Je te veux pour plus que vingt minutes, ou même une heure. Je ne pense même pas qu'une éternité de plaisir soit suffisante, gronda-t-il, l'attirant plus près.

Elle tendit la main pour prendre son visage dans ses mains dans la pénombre.

— Alors on ferait peut-être mieux de commencer.

Il baissa la tête pour l'embrasser. Cette fois-ci, elle n'eut pas besoin de se hisser pour l'atteindre puisqu'ils étaient allongés. Il plaqua sa bouche contre la sienne, pour finalement se laisser déconcentrer lorsqu'elle aspira sa lèvre inférieure.

— Huum, dit-il.

Une vibration qui la fit frémir.

Le désir l'envahit alors que leurs dents s'entrechoquaient et que leurs souffles chauds s'entremêlaient. Ils se dévorèrent mutuellement sans aucune interruption. Jusqu'à ce qu'il décide de l'explorer, promenant ses lèvres le long de sa mâchoire, puis le long de son cou, trouvant ses points sensibles en les effleurant de ses dents. Heureusement qu'elle était allongée, car elle tremblait. Affaiblie par le désir. Elle tira sur sa main et suça le doigt qu'elle avait introduit dans sa bouche.

Il grogna.

Mmmm. En voilà un qui aimait ça.

Elle suça plus fort alors qu'il roulait à moitié sur elle, insérant une cuisse entre ses jambes et frottant, taquinant son point le plus sensible. Sa main libre se balada, trouvant ses zones érogènes, les caressant, la titillant, sensibilisant sa peau au point qu'elle ait envie d'arracher tous ses vêtements. D'ailleurs...

Elle prit le temps de se déshabiller et il fit de même jusqu'à ce qu'ils soient tous les deux nus sur les sacs de grains. Peau contre peau, enfin. Les poils sur son corps créent une friction qui la fit frissonner tandis qu'ils s'embrassaient et se tortillaient.

Elle le fit finalement rouler sur le dos, consciente que c'était à son tour de lui donner du plaisir. Se redressant, ses genoux s'enfonçant dans les sacs de graines, elle se pencha en avant et effleura son gros sexe de ses lèvres, un sexe épais et dur, tout comme son corps.

Elle observa son visage et vit son expression s'enflammer. Il brûlait de désir.

Elle tint son membre dans sa main et, avec un sourire provocateur, lécha le bout. Ses hanches se cambrèrent.

Elle le lapa à nouveau et sa mâchoire se serra. Elle prit le bout large dans sa bouche et se mit à sucer. Il siffla alors que ses hanches tressaillaient à nouveau.

Elle l'avait à sa merci et il se tordait à son contact. Elle accéléra le rythme et il grogna :

— Non, ralentis. Je ne vais pas pouvoir me retenir – Ohh !

Il jouit.

Ce fut chaud et salé sur sa langue. Rapide aussi, alors elle rigola en le léchant proprement.

Mais elle ne rigola pas longtemps, car il la poussa pour faire un soixante-neuf. Elle sur le dos, les jambes écartées, avec le visage d'Andrei enfoncé entre ses cuisses. Son sexe à moitié dur effleurait ses lèvres. Apparemment ils n'avaient pas terminé.

Pouvait-il à nouveau durcir aussi rapidement ? Elle se mit à le sucer pour en avoir le cœur net, pour finalement tressaillir lorsque sa langue effleura son clitoris.

Elle gémit. Miaula. Elle suça et haleta alors qu'il la léchait, tout en introduisant doucement son sexe dans sa bouche. Heureusement qu'il se balançait d'avant en arrière entre ses lèvres. Car elle était totalement distraite par l'attention qu'il portait au creux de ses cuisses. Il était enfoui entre ses jambes, la dévorant avec abandon. Et par dévorer elle voulait vraiment dire *dévorer*.

Il la léchait en ronronnant de plaisir, lapant sa fente, taquinant son clitoris, enfonçant quelques doigts en elle pour qu'elle se crispe pendant qu'il mordillait ses terminaisons nerveuses.

Elle ne put que gémir et se tordre de plaisir tout en essayant de ne pas le mordre. Mais il subit quand même quelques dommages lorsque son orgasme la frappa soudainement, une vague de plaisir qui la fit se cramponner.

Mais le plaisir s'atténua et elle relâcha son étreinte. Il continua de la lécher, étirant son orgasme avant de changer de position, la retournant sur le ventre, puis tirant ses fesses vers lui. Il claqua son sexe contre sa chair frémissante. Elle remua les fesses et il comprit le message, la pénétrant par-derrière. Dur. Épais. Long. Assez long pour qu'il atteigne ce point sensible en elle. Une fois qu'il l'eut trouvé, il ne put s'empêcher de le tapoter.

Encore et encore. Heurtant ce point qui lui arracha un petit cri et une secousse de plaisir. Un rythme lent au début qui se transforma rapidement en un claquement de chair. Un mouvement de sa bite dont elle ne pouvait plus se passer. Elle gémit pour en avoir plus. Le supplia.

— Plus fort.

Il la pénétra de plus en plus vite alors qu'elle s'agrippait à la toile de jute sous elle. Elle gémit avec passion. Elle cria son prénom quand elle jouit.

Elle jouit si fort qu'elle s'effondra et mit quelques secondes à se rappeler comment faire pour respirer.

Elle se reposa sur son torse, là où il l'avait attirée. Ses bras la tenaient en place. Son cœur battait aussi vite que le sien.

Elle réalisa qu'il n'avait peut-être pas eu tort lorsqu'il avait dit qu'ils auraient besoin d'une éternité pour explorer ce qu'il y avait entre eux et elle se crispa alors un peu.

Andrei était son...

Scriiiiiiii.

Le grincement métallique et l'embardée du train qui freina soudain les firent se raidir.

— Qu'est-ce qui se passe ?

Ils n'étaient pas censés s'arrêter maintenant.

— Soit il y a un problème sur la voie, dit Andrei, soit le train est détourné.

Allez-y, lancez la musique angoissante.

CHAPITRE QUINZE

Le train ralentit brutalement, assez pour qu'ils aient du mal à enfiler leurs vêtements tellement ils furent secoués. Il parvint à mettre sa chemise et son pantalon avant de quitter leur lit de toile de jute. Au moins, cette fois-ci, la dernière interruption avait attendu assez longtemps pour qu'il puisse atteindre le septième ciel.

— Qu'est-ce qui va se passer une fois qu'on se sera arrêtés ? demanda Hollie, cachant cette chair tatouée qu'il avait caressée.

En la regardant, il sentit les marques qu'elle avait laissées sur sa peau. Elle était devenue plutôt sauvage quand il lui avait donné du plaisir.

Bordel, elle était si parfaite.

— Ça dépendra de la situation. S'il y a quelque chose sur la voie, ils devront le déplacer. Peut-être qu'il y a un problème avec les rails qui nécessite une réparation.

— Tu as aussi dit que le train se faisait peut-être détourner.

— Ça arrive. En général, c'est parce qu'ils cherchent une cargaison spécifique ou veulent voler les passagers. Ne t'inquiète pas, je ne les laisserai pas t'approcher.

Il n'avait désormais aucun doute sur le fait que Hollie était son âme sœur. Et cela faisait ressortir l'ours protecteur en lui.

— Tu crois que ça pourrait être ta sœur ? demanda-t-elle en pensant à voix haute.

— C'est possible. Ça lui ressemble bien de tout foutre en l'air.

— Mais tu la vois détourner un train ? Essayer de se faufiler à bord, oui. Mais de là à prendre le contrôle ? Elle ne pourra pas s'en tirer comme ça.

Hollie n'avait pas tort.

Le train s'arrêta alors qu'ils se tenaient blottis contre la porte, juste entrouverte. *Tous les deux*, car Hollie refusait de se cacher. Elle n'aimait peut-être pas les histoires, mais elle ne battrait pas non plus en retraite.

Comme quelques passagers se trouvaient à bord, ce ne fut pas surprenant d'entendre plusieurs voix fortes. Mais la bonne nouvelle… c'était qu'il n'y avait pas de cris. Les gens ou la raison qui avait stoppé le train n'avaient tué personne.

Pour le moment.

Il suffisait d'un imbécile pour déclencher tout un carnage.

— Je vais voir, dit-elle en se faufilant derrière la porte.

Il réagit trop tard pour la retenir.

— Putain, mon ourse en sucre, murmura-t-il.

Comment pouvait-il la protéger si elle s'en allait ? Il la suivit.

La porte s'ouvrit en grinçant très légèrement. Il se tint sur une marche étroite, dangereuse si le train était en mouvement avec sa rampe manquante. Hollie était déjà debout sur la voie, regardant derrière le wagon suivant.

— Je vois des gens, chuchota-t-elle. Il y a tout un groupe qui erre autour.

— Il y a des armes ? Des véhicules ?

— Non. Je vais me rapprocher pour voir ce qui se passe.

— Non, arrête.

Il parla dans le vide alors qu'elle se glissait sur le côté du wagon, à l'opposé de là où elle avait jeté un coup d'œil. Comme toutes les portes pour embarquer étaient sur la droite, elle croiserait sans doute moins de monde.

Ce qui voulait dire qu'elle pouvait se déplacer rapidement. Il allait devoir bouger plus vite.

Andrei n'avait aucun déguisement pour se fondre dans la masse. Ni le temps de trouver un plan. Il allait devoir faire semblant. Il sortit sur le côté, se mêlant aux gens qui étaient à quelques wagons de lui. Il ne chercha pas à se cacher mais se déplaça de façon à attirer les regards. Au bout d'un moment, quelqu'un le remarqua et le pointa du doigt, puis un flot de paroles suivit.

Il espérait qu'ils parleraient l'une des trois langues qu'il avait apprises.

Le russe, sa langue maternelle, l'anglais, pour lequel il s'était immergé pour être bilingue et le dothrakien car il en aimait le son guttural.

Il se gratta le bras en s'approchant des humains qui gesticulaient. Il bâilla également pour faire bonne mesure.

— Putain. Je fais la sieste dans un wagon vide et je me réveille au milieu de nulle part.

— Qui es-tu ? lui demanda-t-on avec un fort accent. D'où tu sors ? Il n'y a que des cargaisons à l'arrière.

— C'est aussi plus silencieux que la petite banquette que je suis censé partager avec ma femme, grimaça-t-il. Je préfère dormir sur des sacs de grains que de piquer un somme à côté d'elle.

— On dirait qu'il y en a un qui a besoin d'une nouvelle femme.

Le type sourit et Andrei réalisa que l'homme à l'accent anglais était plutôt beau. Il ne faudrait pas qu'il se mette à reluquer Hollie en pensant faire une faveur à Andrei en la lui volant.

— Pas touche à ma femme, gronda-t-il.

L'homme recula.

— Calme-toi, bordel. Tu peux la garder.

Le type battit en retraite et Andrei continua d'avancer jusqu'à ce qu'il puisse voir grâce aux phares du train ce qui les avait arrêtés en pleine voie.

Un troupeau de gazelles en train de brouter.

Les merveilles de la nature.

Ça sentait délicieusement bon.

Peut-être devrait-il en ramener une dans leur wagon pour un pique-nique.

Que dirait Hollie d'un tartare de gazelle ?

Préférait-elle ça à un steak de gazelle cuit au feu de bois ?

Il doutait fortement que sa sœur ait dirigé un troupeau pour arrêter le train. C'était simplement une coïncidence qui s'avérait amusante.

Les gens coururent vers le troupeau, essayant de leur faire peur, mais les bêtes aux jambes maigres avaient bien l'intention de renifler le sol. Quelques-unes des gazelles, habituellement dociles, chargèrent même les humains. Elles ne seraient plus aussi courageuses une fois qu'elles l'auraient reniflé. Il commença à marcher vers elles, déterminé à les aider quand une étrange odeur l'interpella.

Impossible.

Pas ici.

Il s'arrêta net et se retourna, espérant se tromper. Seulement, il vit...

— Maman ?

Elle se tenait debout dans un wagon passager, portant un pantalon noir, un pull, des chaussures solides et pratiques et une expression sur le visage qui le sommait de lui donner des explications.

— Tiens donc, mon fils rebelle.

— Quelle surprise de te croiser ici !

Il ne put s'empêcher d'être perplexe. Comment Maman avait-elle pu monter à bord du train avant eux ? Personne n'était au courant de leurs plans.

— Alors c'est ici que tu t'es enfui avec ta nouvelle *amie*.

Ah, l'insulte subtile. C'était tellement sa mère.

— On ne s'est pas enfuis. Nous sommes là pour résoudre un mystère.

— Qui implique Nounou Miskouri ?

Sa mère avait évidemment fait le lien.

— Oui.

Ça ne servait à rien de mentir.

Sa mère plissa les yeux.

— Où est ton *amie* ?

Avec un peu de chance, elle s'était cachée.

— Tu n'aurais pas dû venir me chercher ici.

— Qui a dit que j'étais là pour toi ? Ce n'est pas toi qui m'as demandé de faire quelque chose pour ta sœur ?

Il écarquilla les yeux.

— Tu es venue chercher Lada ?

— Je n'avais pas le choix, répondit sa mère en pinçant les lèvres. Elle travaille avec des humains.

Attaque notre espèce. Elle est hors de contrôle et elle a besoin d'être maîtrisée.

— Je suis désolé.

C'était sincère.

Malgré tous ses problèmes avec sa sœur, il savait aussi que sa mère le vivait mal. C'était probablement pour cela qu'elle s'accrochait autant à Andrei.

— Pourquoi t'excuses-tu ? Ce n'est pas comme si tu avais échoué dans son éducation, grimaça sa mère. Elle a trop pris de son père.

Un père qui n'était pas celui d'Andrei. Aucun des deux n'était resté.

— Comment as-tu su que tu devais être à bord de ce train pour la trouver ? demanda-t-il.

— Tu n'es pas le seul à avoir tes sources. Apparemment, Lada a réservé deux vols. Il y en a un deux heures après que ce train arrive en ville. L'autre en revanche est prévu quatre heures plus tôt.

— Pourquoi en aurait-elle réservé deux ? demanda-t-il avant d'entendre soudain le grondement des moteurs.

Mais ce n'était pas ceux du train.

Les gens qui chassaient les gazelles et qui s'agitaient en fumant des cigarettes commencèrent à crier. Les hurlements débutèrent alors que certains se précipitaient vers les wagons, d'autres vers les collines.

Plusieurs véhicules tout terrain sortirent de nulle part en hurlant, accentuant la panique.

Mais le plus inquiétant, c'était qu'ils semblaient

tirer et quelque chose heurta sa mère. Elle arracha le tube planté dans sa poitrine et fronça les sourcils.

— Qu'est-ce que c'est que ce truc ?

— Des tranquillisants. Lada doit être ici.

C'était obligé. Elle et sa bande de sbires s'en servaient comme armes.

Sa mère s'accrocha au cadre de la porte, clignant des yeux.

— Je crois que j'ai besoin de m'allonger.

Il vit qu'elle le regardait avec insistance, s'attendant à ce qu'il lui promette de la protéger. Mais, il hésita.

À environ six mètres d'eux, une femme courut en hurlant avant de s'écrouler au sol lorsqu'elle fut touchée. Avant même que sa tête ne touche le sol, quelqu'un sauta du véhicule et la retourna. Il étudia son visage avant de passer au corps suivant. Ils cherchaient quelqu'un.

Hollie.

Merde. Elle était toujours de l'autre côté du train.

Le choix n'était pas facile, mais il laissa sa mère dans le train et franchit l'espace qui séparait le wagon du suivant. Il ressortit de l'autre côté du train, où la lumière émergeait de derrière les vitres et où l'obscurité régnait. Les phares des véhicules tout terrain brillaient dans le noir alors que ceux-ci étaient à l'arrêt. Grâce aux faisceaux des phares, il perçut également des motos à proximité et les personnes qui les chevauchaient étaient armées de fusils. Mais il détourna rapidement le regard des armes pour se concentrer sur la silhouette inconsciente entre les deux types.

Il n'eut pas besoin de plus de lumière pour savoir qui ils avaient kidnappé.

— Mon ourse en sucre ! rugit-il en courant.

Il sentit qu'il grandissait, ses griffes sortirent, sa mâchoire s'élargit pour accueillir ses dents plus proéminentes. Il ne passa pas inaperçu.

Les assaillants lui tirèrent dessus.

Paf. Paf. Les fléchettes le percutèrent, mais il les ignora.

Il avait connu pire en pillant des nids d'abeilles.

Il continua de courir, même si ceux qui étaient par terre grimpèrent sur le véhicule, emportant Hollie avec eux.

Il courut pour monter sur la moto la plus proche et faillit y arriver, il fut assez près pour reconnaître les yeux de sa sœur au-dessus du bandana avant que plusieurs fléchettes ne le transpercent.

C'était trop, même pour un ours.

CHAPITRE SEIZE

Désorientée, Hollie resta allongée à son réveil, couchée sur le ventre, dans une pièce qui avait la même odeur que chez elle si elle avait laissé un troupeau d'inconnus la parcourir. Impossible. Comment pouvait-elle être chez elle alors que d'après ses derniers souvenirs, elle se trouvait dans un train en Amérique du Sud ? Avec Andrei.

Ils avaient...

Elle rougit en se remémorant ce qu'ils avaient fait. Puis elle fronça les sourcils en se rappelant que le train s'était arrêté. Se faufilant sur un côté où il n'y avait que quelques personnes, elle était passée le long de quelques wagons avant d'entendre le bruit soudain des moteurs. Les assaillants étaient sortis de nulle part, leurs faisceaux lumineux soudains avaient semé la confusion alors qu'ils couraient vers le train. Hollie était partie se cacher entre deux wagons – OK, elle était en fait partie chercher Andrei – lorsqu'ils avaient commencé à tirer des fléchettes. Elle aurait pu s'échapper si un humain ne l'avait pas poussée dehors quand elle avait essayé de se faufiler entre les wagons.

Surprise, elle ne s'était pas baissée à temps et les assaillants lui avaient tiré dessus. Elle était tombée et ses paupières étaient devenues lourdes lorsqu'elle avait entendu des pas se rapprocher et quelqu'un dire :

— Envoyez l'ordre de rassemblement. On dirait bien qu'on a été chanceux et qu'on a trouvé notre cible.

Elle avait été soulevée du sol et, même si elle était droguée, elle avait compris qu'ils la voulaient. Mais pourquoi ?

Lorsqu'elle avait lutté, ils lui avaient administré de nouvelles drogues, puis ça avait été le trou noir. Durant tout ce temps, elle avait apparemment été déplacée et ramenée chez elle. En tout cas, ça sentait comme chez elle, le sol était le même parquet en chêne stratifié qu'elle avait fait installer dans sa chambre. Cependant, elle savait que ce n'était pas Andrei qui l'avait sauvée.

Il ne l'aurait jamais laissée dormir seule sur le sol.

Mais il y avait *bien* une odeur d'ours non loin. Lada. Mais pourquoi…

Mince, cette foutue clé. Qui s'avérait causer plus de problèmes qu'elle n'en valait la peine.

C'était peut-être à cause de la drogue. Ou tout simplement parce que sa colère refaisait surface, mais elle sortit les griffes et les enfonça dans le sol. Le mouvement léger ne passa pas inaperçu.

— Elle est réveillée, annonça quelqu'un en se déplaçant, attirant son attention.

Un homme vêtu d'un jean et d'une veste par-dessus une chemise noire se tenait dans l'encadrement de la porte, armé d'un pistolet tranquillisant. Ils n'essayaient donc pas de la tuer. Bien sûr que non. Elle ne pouvait pas les aider si elle était morte.

Mais d'un autre côté, elle n'avait aucun problème à mettre toutes les chances de son côté. Après tout, avant d'être plombière, elle avait été une prédatrice.

Elle se leva d'un bond et attrapa la lampe suspendue au plafond, tout en sachant que le type ne s'y attendait pas. Il tira et manqua sa cible.

Il parvint presque à tirer une deuxième fois avant qu'elle ne se jette sur lui. Sa rage lui permit de lui arracher le pistolet tranquillisant des mains, de l'abattre avec et de rouler sur le côté au moment où un de ses amis entrait dans la pièce et tirait.

Il la rata.

Mais elle non.

Hop, deux en moins. Et Dieu savait combien il en restait dans les parties communes. Désormais, ils savaient qu'elle était réveillée et qu'elle ne se laissait pas faire.

Elle se précipita dans son salon, à court de fléchettes tranquillisantes – mais ça n'avait pas d'importance.

Elle n'aurait jamais pu tirer aussi vite pour neutraliser le comité d'accueil de toute façon.

Hollie s'arrêta quand elle vit quatre gars armés de pistolets tranquillisants, tous pointés vers elle. Mais ce ne fut pas seulement pour ça qu'elle se figea. Une femme, qui ne pouvait être que Lada d'après son odeur, était assise sur son canapé. Et ligotée à côté d'elle comme une dinde prête à rôtir...

— Maman ?

Des yeux verts cerclés d'or regardèrent Hollie. Ils évaluèrent cette fille qu'elle ne voyait que rarement et se détendirent. Comme si Dollie Joliette allait s'inquiéter. Cette femme n'avait pas la fibre maternelle et avait passé une grande partie de l'enfance de Hollie à ne pas faire ce que toute mère normale faisait pour ses enfants.

Hollie fut surprise de la voir. Après tout, sa mère était passée la voir il y avait environ un mois et Hollie s'était demandée si elle était mourante car elle l'avait appelée deux fois depuis.

Dollie paraissait furieuse. Tout comme Hollie, puisque ce qui devait suivre était évident.

Hollie jeta le pistolet vide par terre et leva les mains en l'air.

— Tu dois être Lada.

— Et toi t'es visiblement la minette qui couche avec mon frère, ricana l'autre femme.

— Qu'est-ce que tu veux que je te dise, tous ces poils, ça m'excite.

Et Hollie avait des outils pour déboucher les canalisations de toute façon.

— Tu sais pourquoi je suis ici. Donne-moi la clé, dit Lada en claquant des doigts.

— Quelle clé ?

Si elle jouait les idiotes, elle gagnait quelques secondes de plus pour pouvoir élaborer un plan à partir de rien.

Lada attrapa la mère de Hollie par les cheveux et tira ; la plupart des gens auraient hurlé, mais Dollie lui jeta simplement un regard noir.

Ce qui lui fit se demander...

— Mais comment t'as fait pour te faire capturer ?

— Elle a marché droit vers moi. N'est-ce pas mon minou ? dit Lada avec un rictus.

— J'étais venue te rendre visite.

— Pourquoi ?

Parce que sa mère ne venait jamais pour rien.

— Tes tantes ont mentionné que tu t'étais mise en couple avec un Medvedev.

— Et étant une bonne mère tu te soucies soudain de qui je fréquente ?

Hollie avait quelques soucis avec sa mère, notamment avec le fait qu'elle ait été peu présente. Cherchant toujours mieux ailleurs sans amener Hollie avec elle. Les cadeaux et cartes postales du monde entier ne remplaçaient pas une mère.

— J'ai toujours pris soin de toi.

— Être parents c'est plus que de filer de l'argent de temps en temps, répondit Hollie d'un ton acerbe.

— T'as pas à te plaindre, s'agaça Lada, ma mère, elle, c'est une maniaque du contrôle.

— Ça, c'est toi qui le dis. Je te signale que ton frère n'est pas devenu un kidnappeur psychopathe, lui.

— Laisse-lui le temps, cracha Lada. Regardez avec qui il sort maintenant.

— Tu peux parler ! Tu traînes avec des humains, dit Hollie en observant l'homme derrière Lada.

— Ferme ta bouche. À moins que tu ne nous dises où se trouve la clé, s'énerva Lada.

— La clé de la maison ? Ça ne te servira probablement pas à grand-chose puisque j'ai manifestement besoin de nouvelles serrures.

— Arrête de te foutre de ma gueule et donne-moi cette putain de clé ! hurla Lada avec un accent soudain marqué.

— Tu sais, l'histoire du livre ce n'est qu'un conte, essaya de lui expliquer Hollie avant de se mordre la lèvre quand Lada frappa Dollie.

Qui, une fois de plus, parut plus énervée que blessée.

— Si ce n'est qu'un conte, alors donne-moi la clé. Qu'est-ce que ça peut te faire ?

En vérité, elle s'en fichait.

— Je vais te la donner mais seulement si tu libères ma mère d'abord.

— Ce n'est pas toi qui décides, connasse ! aboya un homme qui jusqu'à présent était resté silencieux.

Il avait les cheveux coupés en brosse, à la militaire et un air méchant.

— T'as intérêt à parler tout de suite sinon je lui tire dessus à chaque fois que tu gagnes du temps. Et je commence... tout de suite.

Le connard pointa ensuite son pistolet vers sa mère et tira sur sa jambe. La balle laissa un trou qui se mit à saigner. Dollie ayant les mains attachées, elle ne pouvait pas faire pression sur la blessure.

Le choc réduisit la pièce au silence pendant un moment avant que Lada ne dise calmement :

— Qu'est-ce que tu fais ?

— Tu perds du temps. Alors je prends les choses en main.

Le sadique pointa son arme vers l'autre jambe de sa mère. Il allait à nouveau tirer ; pour une clé que Hollie commençait vraiment à détester. Alors, pourquoi la protéger ?

— Elle est sous la pierre du patio dans le jardin près du compost.

Le connard avec le revolver pencha la tête et l'un de ses hommes partit voir pendant que Lada sifflait :

— On a dit pas de meurtres.

— Elle n'est pas morte. Arrête de pleurnicher sinon je vais te donner une bonne raison de le faire.

Lada grogna et avança vers le connard qui pointa son pistolet vers elle.

— Vas-y, fais-le, tu sais que je vais te tirer dessus.

Avant que Lada ne puisse décider si ça valait le

coup, le gars revint avec le sac en plastique scellé qui contenait la clé.

— Excellent.

Le tireur tendit la main vers le sac, mais Lada l'attrapa en premier.

— Donne-le-moi.

— Ne sois pas si impatient. Je vais prendre la clé parce que vous devez les surveiller si jamais ils font des gestes brusques.

— S'ils osent bouger ne serait-ce que le petit doigt, je les bute. Je les buterai même dans tous les cas puisqu'ils en savent trop.

— Mon Dieu, qui m'a foutu des crétins pareils, marmonna Lada avant de se tourner vers les humains. Il faut qu'on bouge avant que quelqu'un ne remarque ce qui s'est passé.

— C'est pas moi qui fais que piailler depuis tout à l'heure. Qui perd du temps.

— Allons-y.

— Dans une seconde. Je veux d'abord m'assurer que personne ne nous suive.

Alors qu'il levait son arme, la mère de Hollie lui donna un coup pied et la balle partit sur le côté. Mais un autre type tira une fléchette tranquillisante et elle n'eut pas le même réflexe. Sa mère s'effondra et Hollie plongea vers sa chambre.

Viendraient-ils s'en prendre à elle ?

Une porte claqua et elle attendit trente secondes de plus avant de réaliser que Lada et sa bande d'humains étaient partis.

Hollie se précipita dans le salon pour s'assurer que sa mère allait bien.

— Évidemment, il a fallu que tu choisisses ce moment pour venir me voir, pour une fois, gronda-t-elle en appuyant sur la blessure de sa mère.

Les métamorphes guérissaient et cicatrisaient mieux que les humains, mais une perte de sang pouvait quand même être fatale.

— Mieux vaut arriver en grande pompe plutôt que de ne pas venir du tout.

Le cœur de Hollie rata un battement en entendant la réponse de sa mère.

— J'aurais préféré que tu viennes à ma remise de diplôme plutôt.

— Je purgeais ma peine dans une prison au Mexique à cette époque. Je t'ai envoyé des fleurs.

— Tu as toujours une excuse, déclara Hollie avant d'observer sa mère. Comment se fait-il que tu sois réveillée ?

Sa mère tendit la main et lui montra la fléchette.

— J'ai fait semblant.

— Je n'arrive toujours pas à croire qu'ils t'aient attrapée.

— Pourtant, vu le nombre de fois où je me suis fait arrêter ce n'est pas surprenant. Je n'ai jamais été douée pour rester discrète.

— Pourquoi es-tu vraiment là ? demanda Hollie.

— Parce que quand on m'a appelée pour me dire que tu avais été kidnappée, j'ai paniqué.

Elle la regarda, perplexe.

— Tu t'es fait du souci pour moi ?

— Ouais. Qu'est-ce que tu veux que je te dise ? Je vieillis.

Hollie essaya de trouver quelque chose à répondre et fut sauvée par le gong lorsque la porte d'entrée s'ouvrit en grand et que son ours entra en trombe.

CHAPITRE DIX-SEPT

La porte rebondit sur le mur, tout comme le rugissement d'Andrei résonna. Son sang bouillonnait alors qu'il sentait l'odeur des intrus et de Hollie.

Hollie et une femme qui lui ressemblait, étaient agenouillées par terre, le regardant bouche bée.

— Mon ourse en sucre ! dit-il d'une voix rauque en la regardant.

Puis, lorsqu'il sentit l'odeur du sang, il devint fou de rage.

— Tu es blessée !

— Non, ce n'est pas moi. C'est ma mère.

Elle pencha la tête vers la blessure sur laquelle elle appuyait.

— Ma sœur lui a tiré dessus ?

Hollie secoua la tête.

— Non, c'était un de ses sbires. Tu viens de la rater.

— Putain de douanes qui nous ont mis en retard. J'ai pourtant dit à ma mère qu'on aurait dû prendre l'avion-cargo, s'emporta-t-il.

Il aurait dû agir plus vite, même s'il avait eu l'impression de se précipiter depuis qu'il s'était réveillé sur les genoux de sa mère dans le train. La drogue contenue dans les fléchettes qui l'avait endormi avait mis des heures à être évacuée par son organisme. Assez longtemps pour que les passagers soient rassemblés et que le train reprenne sa route.

En se réveillant blotti sur des genoux alors qu'une main lui caressait ses cheveux, il avait cru, durant une demi-seconde, avoir fait un cauchemar jusqu'à ce qu'il ouvre les yeux et voie sa mère.

Le cri qu'il avait ensuite poussé n'avait pas beaucoup impressionné sa mère qui l'avait poussé. Encore un peu groggy, il avait roulé sur le côté et avait remarqué qu'ils étaient dans une chambre d'hôtel. Miteuse mais grande. Mais il manquait un détail crucial.

— Où est Hollie ? avait-il demandé à sa mère.

— C'est ça que tu me demandes en premier ? Même pas un « *comment tu te sens maman ? Est-ce que ça va ?* » avait-elle dit en pressant la main contre sa poitrine.

— Lada a pris mon ourse en sucre, avait-il annoncé d'un air sinistre.

Mais il savait où elle était allée, car il n'y avait qu'une seule raison de kidnapper Hollie.

Cette putain de clé.

Et en voyant sa lionne par terre et couverte de sang, son cœur s'arrêta.

— Mon ourse en sucre ! cria-t-il en se jetant sur elle.

Juste avant qu'elle ne couine :

— Attention !

Il ralentit mais posa les mains sur elle afin de s'assurer qu'elle allait bien.

— Je t'assure que je vais bien. Ce n'est pas moi qui ai été touchée, le rassura-t-elle.

Il observa la femme au sol qui le regardait avec insistance.

— Bonjour, maman de Hollie.

— Je t'interdis de me dire bonjour, l'ours. Je serai ton pire cauchemar si tu fais du mal à ma fille, annonça Dollie.

— Maman ! s'exclama Hollie. Ne commence pas. Tu débarques avec vingt ans de retard. En parlant de retard, tu aurais pu arriver plus tôt, dit-elle en s'adressant à Andrei.

— J'imagine donc que j'ai raté ma sœur de peu. A-t-elle trouvé la clé ?

Hollie se mordit la lèvre inférieure et acquiesça.

— Je n'avais pas le choix. Ils ont tiré sur ma mère.

— Je suis désolé, tout ça est de ma faute.

— Comment ça ? Tu n'as fait qu'essayer de m'aider.

— J'aurais dû être plus rapide. Mais ma mère a insisté pour qu'on voyage en première classe et quand j'ai essayé de me faufiler dans la soute, elle a fait en sorte que les chiens de l'aéroport me trouvent, grogna-t-il.

— C'est lui l'ours que tu fréquentes ? demanda la mère de Hollie en pinçant les lèvres. Ne me dis pas que tu es un fils à maman.

— Au moins, sa mère l'aime, lui, s'agaça Hollie. Il me faut un couteau.

Il ne lui demanda pas pourquoi. Si elle ressentait le besoin de tuer sa mère, il l'aiderait à cacher les preuves. Au lieu de ça, elle coupa les liens qui la retenaient prisonnière puis vérifia l'état de sa blessure.

— La balle est entrée et ressortie, la blessure est propre. Continue d'appuyer dessus jusqu'à ce que ça s'arrête, dit-elle avant de se lever.

— Où est-ce que tu vas ?

— Andrei et moi devons attraper quelques méchants.

— Ah bon ? demanda-t-il. Je croyais que je les avais ratés.

— C'est le cas, mais j'en ai deux autres en train de baver dans ma chambre qui devraient pouvoir répondre à nos questions.

— Hein ?

Il avait peut-être un peu rugi, mais seulement un peu.

— Allez, Papa Ours, garde cet air renfrogné pour l'interrogatoire.

Le problème, c'était que les types étaient totalement inconscients et ni les gifles ni l'eau froide ne les réveillaient.

Lorsqu'il fut sur le point d'abandonner, la mère de Hollie grogna :

— Fais un pas de plus et je tire !

Hollie écarquilla les yeux.

Puis il fit de même en entendant la réponse :

— T'as pas intérêt à me louper sinon je te bouffe le visage.

Andrei croisa le regard de Hollie, choqué, alors que leurs mères se rencontraient pour la première fois.

— Oh merde.

Ils se précipitèrent dans le salon pour trouver leurs mamans en train de se faire face.

— Alors c'est toi la truie qui a donné naissance à cette tête de nœud avec qui sort ma fille, dit Dollie d'un air perplexe.

— Au moins, mon fils n'est pas obligé de venir me sauver car je suis une incapable, rétorqua la mère d'Andrei.

— Incapable, dit la diva qui arrive trop tard. Moi, au moins, j'ai eu le bon sens de mettre un mouchard sur les agresseurs pour qu'on puisse les suivre à la trace. Qu'est-ce que tu as fait, toi ?

— Euh, Maman qu'est-ce que tu viens de dire ? intervint Hollie.

— J'ai beau avoir été prise par surprise, je ne suis pas complètement inutile non plus. J'ai glissé mon traceur de clé dans la poche d'un des humains quand ils ne faisaient pas attention.

Ce fut Andrei qui hurla :

— Mais on attend quoi putain ?!

— J'ai d'abord besoin d'un téléphone pour me connecter, pff, répondit Dollie.

Ce fut la mère d'Andrei qui lui tendit un téléphone et il essaya de ne pas faire les cent pas d'un air impatient alors que la mère de Hollie tentait de tapoter sur le téléphone à une main, pendant que l'autre appuyait toujours sur la plaie.

— Donne-moi ça ! aboya la mère d'Andrei. Donne-moi tes identifiants.

Une fois qu'ils eurent téléchargé l'application, Hollie saisit le téléphone.

— Faut qu'on y aille.

— Attendez, et moi ? demanda la mère de Hollie.

— Maman va s'occuper de toi, n'est-ce pas ? dit Andrei. Après tout, elle était infirmière.

— Sage-femme.

— Il y avait du sang aussi, répondit-il en prenant la main de Hollie.

— Ne me touche pas ! s'exclama Dollie.

— Ta fille est-elle aussi lâche que toi ? ricana la mère d'Andrei.

— Ma fille est trop bien pour ton fils.

Pendant que leurs mères expliquaient pourquoi leur enfant était mieux que l'autre, Andrei et Hollie sortirent, mais cette dernière contourna la voiture et continua à pied.

— Qu'est-ce que tu fais ?

— On dirait qu'ils se sont arrêtés.

Elle indiqua un point à quelques pâtés de maisons d'ici. Ils coururent, main dans la main, sa pression sanguine redescendant enfin alors que son ours se calmait maintenant qu'il avait retrouvé son âme sœur.

Et tant pis si ça ne plaisait pas à sa mère. Il lui avait annoncé, pendant qu'elle s'énervait, et qu'ils se trouvaient à plusieurs kilomètres d'altitude et qu'il ne pouvait pas sauter, qu'il épouserait *cette féline*. Puis, il s'était servi de la seule menace qui lui était venue à l'esprit pour freiner sa mère.

— Soit tu acceptes Hollie, soit tu ne verras jamais tes petits enfants.

Maman s'était tue.

— Tu es vraiment sérieux pour cette fille alors ?

— C'est mon âme sœur. Ma vie est liée à la sienne, ce qui veut dire que soit, tu l'acceptes, soit...

Maman avait levé la main.

— Ne dis rien. Je ne peux pas l'entendre.

Sa mère avait fermé les yeux, prit une grande inspiration, puis avait lâché un long soupir douloureux.

— Si je n'ai pas le choix alors j'accueillerai ton épouse les bras ouverts. Je lui apprendrai à cuisiner et satisfaire ton éternel appétit. Je lui partagerai mes astuces pour garder un mari heureux, même celle avec la cerise et ce truc avec la langue qui rend les hommes fous de...

— Ah !

Il avait plaqué les mains contre ses oreilles à ce moment-là. Même s'il se doutait que tout ne serait pas toujours rose étant donné que leurs mères semblaient prêtes à se détester. Les repas de famille allaient être intéressants.

Leurs pieds martelèrent la chaussée jusqu'à ce qu'ils atteignent le SUV aux vitres teintées, garé sur le côté de la route. Un homme saignait à l'intérieur, tenant sa jambe entaillée et il tressaillit en les voyant.

— Que s'est-il passé ?! s'énerva Andrei.

Le type se mit à sangloter.

— Ses yeux ont commencé à briller et elle m'a griffé, expliqua-t-il en baissant les yeux vers ses blessures. Avec des griffes géantes.

— Où sont-ils partis ?

— Je... je ne sais pas.

Mais Andrei, si. Tout comme Hollie. Ils suivirent l'odeur de sa sœur et des trois autres humains. Ils les virent au loin, debout sur le pont. Lada était dos à la balustrade, faisant face aux trois hommes, qui étaient tous armés.

— Je crois que ta sœur est victime d'une mutinerie, murmura Hollie.

Lada tenait la clé en l'air qui pendait par-dessus la rambarde. C'était probablement la seule raison pour laquelle ils ne lui avaient pas encore tiré dessus.

Andrei et Hollie s'élancèrent, mais il savait déjà qu'ils n'arriveraient pas à temps. Il cria le nom de sa sœur :

— Lada !

Sa sœur sursauta et regarda dans sa direction. Ça ne dura qu'une seconde, mais cela leur suffit pour agir.

Un coup fut tiré.

Sa sœur hurla.

La clé tomba par-dessus la balustrade, devant le visage stupéfait de ceux qui observaient la scène, surtout celui de sa sœur qui cria :

— Non !

Puis, ce fut à son tour de chuchoter : « Non » lorsqu'une tache rouge se répandit sur la poitrine de Lada. L'un des humains lui avait tiré dessus.

Comme si Lada allait mourir tranquillement. Elle se tourna vers ses alliés perfides.

Avec un cri de rage, elle plongea vers le type qui l'avait visée. Et ils tombèrent tous les deux de l'autre côté du pont.

Et que fit Andrei ? C'était sa sœur quand même. Il sauta derrière elle.

Il explora la rivière jusqu'à ce que des sirènes retentissent au loin, les autorités locales ayant été appelées pour des coups de feu. Sauf qu'il n'y avait plus rien à voir car le SUV avait déjà disparu. Sa mère avait lavé tout le sang et concernant les types dans la chambre de Hollie, le Clan les avait embarqués pour un interrogatoire.

Même si ça n'avait plus d'importance. Il n'avait pas réussi à sauver sa sœur et se sentait vide.

Il posa ses fesses trempées sur le canapé de Hollie en frissonnant.

Sa mère, sanglotant et fulminant, essaya de cuisiner, mais il n'y avait pas d'ustensiles de cuisine. Ni de serviettes ou de couvertures, étant donné le cambriolage avant leur voyage. La mère de Hollie – « Appelez-moi Dollie » – avait arrêté les saignements à l'aide d'un morceau de rideau.

Ils étaient un sacré groupe hétéroclite. Puis, Hollie déclara :

— On ne peut pas rester ici.

Elle prit les choses en main en laissant leurs deux mères devant la porte de sa Tante Lena. Elles étaient toujours en train de se disputer. C'était bon signe. Habituellement, quand sa mère détestait vraiment quelqu'un, elle le tuait. Et même si elle était probablement triste pour Lada, en vérité, ils l'avaient déjà perdue il y avait bien longtemps.

— Où va-t-on ? demanda-t-il alors qu'Hollie s'éloignait avec la voiture en soupirant de soulagement.

— J'ai fait jouer mes contacts et nous ai réservé une suite penthouse à l'hôtel du Groupe du Clan.

— J'imagine que ce n'était pas donné.

— Effectivement, c'est pour ça que je leur ai demandé de te le facturer, lui dit-elle avec un sourire malicieux.

— J'imagine que cette suite ne possède pas de baignoire ? demanda-t-il, plein d'espoir.

Elle frissonna.

— Tu sais que les chats détestent les bains.

— Est-ce que ça veut dire que tu ne me rejoindras pas ?

Elle le regarda d'un air sérieux.

— Tu es sûr d'être prêt pour ça ?

— Si tu entends par là que je fais encore le deuil de ma sœur, eh bien non. Je suis triste, oui, mais je m'en remettrai. Je sais surtout que cela fera beaucoup de mal à ma mère. Mais Lada et moi n'avons jamais été proches. Notamment cette dernière décennie.

— Alors comme ça j'ai enfin rencontré ta chère maman. Elle ne paraît pas si horrible que ça.

Il ricana.

— Attends d'apprendre à la connaître. En parlant de ça, pourquoi ai-je d'abord cru que ta mère était morte ?

— Disons plutôt qu'elle était absente. C'est pour ça que j'étais assez surprise de la voir ce soir.

— Tu es sûre que tu n'as pas envie de rester avec elle ?

— Oui, je suis sûre, il n'y a qu'une seule personne avec qui j'ai envie d'être. Même s'il est le chaos en personne.

— Je te promets que ma vie n'est pas toujours aussi aventureuse.

— Et la mienne n'est pas toujours ennuyeuse. Tu

sais il y a de sacrés alligators dans les tuyaux de plomberie parfois.

Le visage d'Andrei s'illumina.

— Attends de voir les trucs qui vivent dans les tunnels sous St Pétersbourg.

— Je vais visiter Saint-Pétersbourg ?

—Ben à ton avis ? C'est comme si tu me demandais si les ours s'essuyaient seulement avec du papier toilette trois épaisseurs.

— Tu sais que ces trucs bouchent les tuyaux hein ?

Il rigola et lui prit la main avant de la serrer. C'était pour ça qu'il était tombé amoureux.

Étant donné que l'hôtel lui avait envoyé une carte magnétique, ils purent directement monter. La première chose qu'il fit après avoir fermé la porte et calé une chaise sous la poignée fut de se faire couler un bain.

Même si elle avait affirmé que les félins détestaient ça, il n'eut pas besoin de la convaincre pour qu'elle s'y glisse, son visage se détendant alors qu'elle soupirait de plaisir.

Plongeant la tête, elle s'agita sous la surface avant d'en ressortir, rejetant ses cheveux en arrière avant de l'asperger.

Il émit un grognement taquin.

— Tu as mouillé ma chemise.

Elle tapota le bord de la baignoire. Tu devrais peut-être l'enlever et me rejoindre.

— Tu me savonneras le dos ?

— Et toi ?

Elle se retourna et le regarda timidement par-dessus son épaule.

Il la rejoignit, l'eau remontant dangereusement en se renversant sur les côtés.

Attrapant un gant de toilette et du savon, elle se glissa dans la baignoire jusqu'à être à cheval sur lui, puis lui frotta le torse.

Il choisit de lui rendre la pareille en versant du savon dans ses cheveux, massant les mèches et son cuir chevelu, le faisant si bien qu'elle pencha la tête en arrière et qu'elle ronronna lorsqu'il la caressa. Ses doigts savonneux glissèrent de ses cheveux à ses épaules, puis à ses mains, laissant une traînée de mousse sur sa peau.

Il ouvrit le robinet, le jet d'eau soudain lui arracha un souffle, puis un soupir lorsqu'il la rinça. Il l'écarta de l'eau savonneuse puis continua de la rincer jusqu'à ce que tout le savon ait disparu.

Ce ne fut qu'à ce moment-là qu'il s'adonna au plaisir, refermant la bouche sur son téton tendu, tirant et suçant le bout, la faisant se cambrer, tressaillir et se frotter contre lui.

Elle passa la main entre les mèches de ses cheveux humides, les tirant. La douleur était agréable et il ronronna en continuant de sucer, ses mains attrapant et massant sa chair.

La caresse de ses doigts sur son sexe, épais et dur, le rendit impatient de ce qui allait suivre. Notamment lorsqu'il taquina la chair gonflée entre ses cuisses.

L'eau le gênait, alors il la fit s'asseoir sur le large rebord en marbre, écartant ses cuisses pour l'exposer à lui. Il glissa les doigts dans son sexe, d'avant en arrière, la remplissant, la taquinant et prenant du plaisir à la voir réagir.

Il ne pouvait pas s'arrêter de la regarder. D'observer cette façon qu'elle avait de lui rendre son regard, les yeux mi-clos, plein de passion.

Il effleura son clitoris sensible de son pouce, le pinça et le frotta, lui arrachant un gémissement. Elle cambra les hanches, puis son orgasme la frappa, vite et fort, entraînant un cri alors que son corps se tordait de plaisir. Il l'empêcha de tomber alors qu'elle haletait de plaisir, pulsant autour de ses doigts.

Puis ce fut à son tour de pencher la tête en arrière et de retenir son souffle alors qu'elle se glissait à nouveau dans la baignoire et qu'elle enroulait ses doigts autour de lui.

Il baissa les yeux et observa sa main bouger d'avant en arrière sur son sexe. Elle se lécha la lèvre inférieure et il gémit.

Ses hanches se mirent en mouvement, au rythme de ses caresses et il pulsa lorsqu'elle le serra un peu plus haut.

Mais il voulait plus, il ne voulait pas simplement jouir de cette manière. Il voulait la remplir de son sexe, la faire crier en la faisant jouir à nouveau.

Apparemment, ils pensaient à la même chose, car elle se leva, telle une déesse humide et ruisselante.

— Trouvons un lit pour une fois.

Ce n'était pas lui qui allait la contredire, d'autant plus qu'elle le tirait vers la chambre, l'attrapant par son sexe. Il s'assit sur le bord du lit face à son impatience et elle s'agenouilla entre ses jambes, le caressant toujours.

Mais il en avait fini d'être passif. Il tendit la main pour lui caresser les seins, ses tétons se durcissant immédiatement, lui suppliant de leur accorder de l'attention.

Il ne résista pas. Il se pencha et prit le bout de ses seins entre ses lèvres, les mordillant légèrement, lui arrachant un doux gémissement. L'attrapant soudainement par la taille, il la jeta sur le lit et l'enveloppa de son corps. Sa bouche trouva la sienne alors qu'elle écartait les jambes, l'invitant. Il glissa doucement son sexe en elle. Une caresse profonde, le genre qui toucha immédiatement son point sensible.

Il la pénétra d'avant en arrière jusqu'à ce qu'elle halète de plaisir. Elle s'accrocha à lui, enfonçant ses ongles dans ses épaules et son dos, le poussant à continuer, écartant les jambes pour qu'il puisse la pénétrer encore plus profondément.

Et plus fort. Encore et encore jusqu'à ce qu'elle explose. Elle jouit sur son sexe avec force, les lèvres collées à son épaule, le mordant, le marquant comme sien.

Il fit de même, se courbant pour mordre la chair

tendre de ses seins. Il la mordit en jouissant. Joignant leurs corps, leur âme et leur sang.

Après une deuxième douche qui leur permit vraiment de se laver, ils commandèrent à manger. Et couchèrent à nouveau ensemble. Dans le lit. Dans la douche. Par terre.

Elle dormait sur son torse lorsque quelque chose le réveilla. Un chuchotement qui le rendit alerte. Elle se raidit.

— T'as entendu ? chuchota-t-elle contre son oreille.

Ouais. Il l'avait entendu. Une dispute qui éclatait derrière la porte de leur suite.

— Qu'est-ce que tu fais ici ? siffla la mère de Hollie.

— Je peux te retourner la question, Madame Oh Je Sors Juste Acheter Des Pansements.

— Tu as dit que tu allais prendre un petit-déjeuner.

— Oui. Avec mon fils.

— Je suis plutôt sûre qu'ils n'ont pas envie d'être dérangés.

— Alors pourquoi es-tu là ? grommela sa mère.

— Je suis ici pour m'assurer que vous n'interfériez pas dans la vie amoureuse de ma fille chérie.

— Eh bien moi, je veille seulement sur mon fils.

— Faut couper le cordon là. C'est son âme sœur. Et le futur père de mes petits-enfants.

— Tu veux dire *nos* petits-enfants, non ? Enfin surtout les miens, puisque d'après les rumeurs, tu n'es pas souvent dans les parages, répondit sa mère.

— J'ai décidé qu'il était temps de ralentir et de

rattraper le temps perdu. Après tout, il faut bien qu'il y en ait une de nous deux qui soit la grand-mère rigolote.

— Je suis rigolote.

— Vous êtes surtout bruyantes et agaçantes ! aboya Andrei.

Alors que Hollie gloussait jusqu'à ce que sa mère dise :

— Ah ben bravo. Vous les avez réveillés. On peut toujours rêver pour qu'ils nous fassent des petits enfants.

Il sentit que Hollie rougissait sans même avoir besoin de le voir.

D'autant plus qu'ils auraient très certainement été en train de coucher s'il n'y avait pas eu cette interruption.

— Si je me souviens bien, il y a un vol quotidien qui part pour l'Italie dans une heure, chuchota-t-il.

— Qu'est-ce qu'on attend ? répondit Hollie. Ce n'est pas l'Italie qui a la plomberie la plus ancienne du monde d'ailleurs ?

Et des gondoles qui vacillent lorsqu'on les secoue trop fort. Nager jusqu'à la berge ne fut pas un problème. Mais c'est parce qu'ils sortirent nus qu'ils se firent pourchasser par les flics.

ÉPILOGUE

Le corps de Lada et la clé ne furent jamais retrouvés. Le livre aussi avait disparu, et ils étaient désormais coincés et incapables de résoudre le mystère de la clé. Sur une note plus positive, les attaques avaient cessé et Hollie était d'accord avec Andrei quand il disait que, peu importe le secret auquel menait la clé, il valait mieux que ce dernier reste enterré.

La vie aurait pu redevenir ennuyeuse si elle avait réussi à domestiquer l'ours qu'elle avait choisi d'aimer, mais Andrei n'était pas du genre à faire les choses normalement. Comme Hollie souhaitait travailler, il avait décidé de se lancer dans la location de biens. Il avait acheté quelques bâtiments délabrés qui nécessitaient une rénovation importante et l'avait engagée pour s'occuper de la plomberie.

— Mais t'es fou ou quoi ? T'as vu le travail que ça demande ? s'exclama-t-elle.

— Est-ce que ça veut dire que tu ne veux pas entendre parler de celui que j'ai acheté en Russie ?

Car il avait prévu qu'ils partagent leur temps entre les deux pays. Et ça lui allait très bien. Malgré des débuts difficiles, elle avait fini par très bien s'entendre avec la mère d'Andrei. Dollie, elle, ne l'avait jamais emmenée faire du shopping ou chez le coiffeur et n'avait jamais accepté de regarder des comédies romantiques avec elle.

La première fois qu'elle avait pris le parti de la mère d'Andrei contre lui, elle avait cru qu'il faisait une crise cardiaque. Il n'avait rien dit pendant quelques minutes avant de râler. Et oui, c'était bizarre que sa mère soit là durant leur dîner romantique de Saint-Valentin. Mais elle s'était rattrapée plus tard avec la pipe la plus incroyable qu'il ait jamais connue. En tant que plombière, elle s'y connaissait plutôt bien en aspiration de tuyaux – mais ce n'était pas pour autant qu'elle accepterait un jour qu'ils se déguisent en Mario et Peach. Elle n'avait aucune envie de porter une moustache.

Quant à Dollie... elle tenait sa promesse en souhaitant se rapprocher de sa fille et quand Hollie ne coopérait pas, elle complotait avec Andrei.

En fin de compte, la vie était parfaite. Notamment après qu'elle ait eu une discussion avec son ours sur le fait de laisser les nids d'abeilles dans les bois au lieu de les ramener à la maison.

Il avait finalement accepté de manger du miel en pot après qu'elle s'en soit étalé sur tout le corps en exigeant qu'il la lèche.

Et pour ceux qui se posent la question, il avait la langue la plus longue qui soit.

IL ÉTAIT temps de passer à autre chose.

Il plaça la lourde clé en métal dans une poche intérieure avec fermeture éclair pour qu'elle ne puisse pas tomber accidentellement, ainsi qu'un silex et de la craie. Il plaça ensuite des vêtements, une paire de chaussures en plus et des barres protéinées dans une poche plus large. Peter aurait bien pris le vieux livre de contes de fées avec lui, mais vu son âge et sa taille, les images qu'il avait stockées dans le Cloud en ligne, seraient plus pratiques.

Il avait passé beaucoup de temps à traquer l'un des uniques livres avec les histoires et illustrations qui restaient. Seules cinq reproductions avaient été faites – dont trois qui avaient été détruites.

Peut-être même quatre, vu les rumeurs qu'il avait récemment entendues. Mais avec la perte de la fausse clé, l'intérêt pour la dernière copie avait grandement diminué.

Oui, elle était fausse.

Les gens étaient partis à la recherche de la fausse clef qu'il avait cachée dans son appartement russe avant l'incident. Personne n'avait suspecté que la vraie clé l'attendait dans une boîte postale aux États-Unis.

Une fois toutes ses affaires prêtes, y compris son passeport avec sa nouvelle identité, Peter enfila le sac à dos puis sortit par la fenêtre et l'escalier de secours. Il était temps pour lui de partir discrètement, car il n'avait pas envie que son ombre constante le suive.

Pas là où il allait.

Il était certain que le nouveau mari de sa sœur était celui qui avait engagé le duo qui le surveillait. Le type à l'air maussade qui le suivait du matin jusqu'au soir avant d'être remplacé par la fille sexy qui le surveillait la nuit. Pour le protéger ou le garder prisonnier ? Peu importe. Il ne les laisserait pas se mettre en travers de son chemin.

Peter pensait avoir réussi à s'enfuir sans être vu jusqu'au lendemain de son arrivée en Suisse, quand il se réveilla avec un poids sur la poitrine et une voix ronronnante qui lui dit :

— Tu crois que tu vas où comme ça, Peter ?

Nora sait que Peter prépare un sale coup, c'est pour cela qu'elle le suit. Mais il est plutôt rusé pour un humain et sexy aussi, ce qui expliquerait pourquoi elle envisage de s'accoupler à un humain.

Le Clan du Lion #12

NOTES

Chapitre Un

1. Créature féminine surnaturelle de la mythologie celtique irlandaise

Chapitre Trois

1. Petit rongeur

Chapitre Sept

1. Le ver chanceux
2. Marque de voiture
3. Personnage de la série Perdus dans l'espace

Chapitre Dix

1. Groupe d'amis cherchant à résoudre des phénomènes paranormaux avec leur chien Scooby-Doo

www.ingramcontent.com/pod-product-compliance
Lightning Source LLC
LaVergne TN
LVHW041629060526
838200LV00040B/1495